말라가의 밤

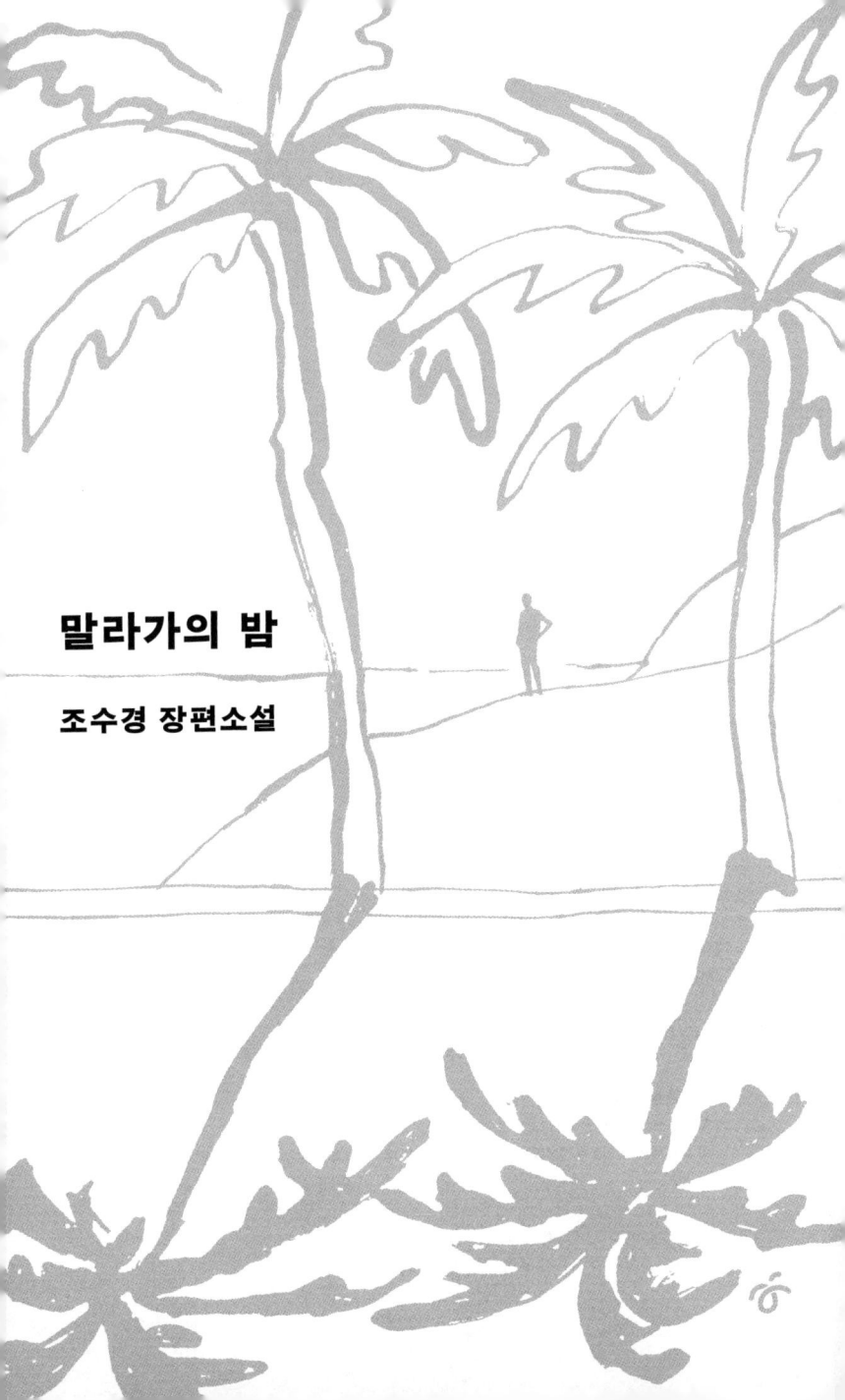

말라가의 밤

조수경 장편소설

말라가의 밤

ⓒ 조수경 2025

초판 1쇄 인쇄 2025년 11월 30일
초판 1쇄 발행 2025년 12월 5일

지은이 조수경
펴낸이 유강문
문학팀 박선우 최해경 박지호
마케팅 김한성 조재성 박신영 김애린 오민정 우지윤

펴낸곳 ㈜한겨레엔 www.hanibook.co.kr
등록 2006년 1월 4일 제313-2006-00003호
주소 서울시 마포구 창전로 70 (신수동) 화수목빌딩 5층
전화 02-6383-1602~3 **팩스** 02-6383-1610
대표메일 munhak@hanien.co.kr

ISBN 979-11-7213-351-1 03810

• 값은 뒤표지에 있습니다.
• 파본은 구입하신 서점에서 바꾸어 드립니다.
• 이 책의 내용 일부 또는 전부를 재사용하려면 반드시 저작권자와 ㈜한겨레엔 양측의 동의를 얻어야 합니다.

차례

여름은 죽기 좋은 계절
7

물방울
119

파핑캔디
171

루나파크
211

하와이엔 뭘 타고 가지?
253

랜야드
299

작가의 말
347

여름은 죽기 좋은 계절

1

아직도 그 꿈을 꾼다.

물속에서 잠이 든 꿈을.

처음 그 꿈을 꾼 게 언제인지 모르지만, 어느 날 아침 잠에서 깨어났을 때 똑같은 악몽이 반복되고 있다는 사실을 문득 깨달았고 그게 벌써 오래전 일이다.

그 꿈속의 나는 내가 아니다. 꿈속의 나는 어린아이인데, 늘 깊은 잠에 빠져 있다. 잠이 든 곳은 물속이다. 강이나 바다처럼 깊고 어두운 물. 꿈을 꾸는 나는 마치 영화를 관람하는 것처럼 수면 위에서 꿈속의 나를 내려다본다. 고요하게 가라앉는 나는 표정 없이 창백한 얼굴이다.

그 아래, 더 깊은 곳에 아빠가 있다. 아빠의 형체는 그림자처럼 희미하다. 어차피 나는 아빠 얼굴을 기억도 못 하지만, 꿈이라서 그럴까. 얼굴이 보이지 않아도 그 사람이 아빠라는 건 알 수 있다. 아빠가 영영 사라져버릴까 두려워 꿈을 꾸는 나는 꿈속의 나를 깨우기 위해 악을 쓴다. 하지만 돌처럼 굳어버린 혀는 말 한마디 밀어내지 못한다.

혀뿌리부터 시작된 마비가 온몸으로 번져 꿈쩍도 하지 못할 때 어디선가 나를 부르는 엄마 목소리가 들려온다. 꿈을 꾸는 나는 점점 멀어지는 꿈속의 나와 아빠에게서 시선을 떼고 소리에 집중한다.

형우야!

새된 비명이 의식을 낚아채 꿈 밖으로 내던지면 나는 허공에서 떨어진 사람처럼 몸부림치며 잠에서 깨어났다. 언제나 그랬다.

악몽은 지독할 만큼 추워서 척추를 타고 올라오는 한기를 밀어내려면 이불을 턱 밑까지 끌어당겨야 했다. 한동안 몸을 떨다 어느 정도 진정되고 나면 다짐했다. 꿈의 내용을 다 알고 있으니 다음번엔 상황을 좀 바꿔보자고. 잠든 나를 깨우고, 아빠도 구해보자고.

하지만 꿈속에서 나는 여전히 아무것도 할 수 없었다.
나의 꿈이지만 그곳에선 그저 관객일 뿐이었다.

2

엄마는 모든 게 이름 탓이라고 했다.

엄마가 세상에 태어났을 때 엄마의 아버지가 지어준 이름은 앞서 태어난 딸들처럼 '옥돌 민(珉)' 자로 시작했다. 첫째 민영이, 둘째 민정이. 아들을 간절히 바랐던 할아버지는 셋째 딸과 넷째 딸에게 민수와 민호라는, 남자아이에게 더 많이 쓰이는 이름을 붙여주었다. 다섯째 아이를 위해 민기라는 이름까지 생각해두었으나 또 딸이 태어나자 다 포기했다는 듯 여자 이름을 지어주었다.

민지.

그것이 원래 할아버지가 지은 막내딸의 이름이었다. 민수 이모나 민호 이모가 부러워할 만큼 예쁜 이름이었지만,

정작 호적에 '민지'가 아닌 '민저'로 올라가는 바람에 엄마는 공식적으로 이민저(李珉底)가 됐다. 할아버지는 출생신고서에 '옥돌 민' 자와 '이룰 지' 자를 멋들어지게 써두었는데, 하필 '이룰 지' 자는 '밑 저' 자로 더 많이 쓰이는 한자였다. 공문서에 이름이 잘못 기재된 것을 엄마가 초등학교에 입학할 무렵에나 알게 됐다고 하니 할아버지가 얼마나 성의 없이 이름을 지었고 다섯째 딸에게 무관심했는지 짐작할 수 있었다. 동시에 아들을 얻지 못한 비탄에서 비롯된 고의가 아닌지 의심해볼 수도 있는 대목이었다.

엄마는 민지가 아닌 민저로 기록된 바로 그 순간부터 인생이 꼬였다고 믿었다. 잘못 올라간 글자 하나 때문에 인생에서 무언가를 이루지 못하고 밑바닥만 치게 됐다는 것이다. 대학에 가지 못한 것도 이름 탓, 아빠가 떠난 것도 이름 탓이라고 했다. 심지어 마트에서 설탕 대신 소금을 사오거나 국이 졸아 찌개가 됐을 때도 엄마는 이렇게 말했다.

"이게 다 밑 저 자 때문이지."

그러면서도 끝내 이름을 정정하지 않은 것은 의문이었다.

엄마가 자주 했던 말 중에 이런 것도 있었다.

"아, 죽고 싶다."

텔레비전을 보다가, 밥을 먹다가, 소파에 누워 무심히 창밖을 바라보다가 엄마는 '아, 여행 가고 싶다' 정도의 뉘앙스로 죽고 싶다는 말을 했다. 물론 혼잣말이었지만 엄마 혼자 있을 때만 한 말은 아니었다.

딱 한 번, 엄마는 이런 말도 했다.

"우리 다 같이 죽을까?"

일을 마치고 집에 돌아온 엄마가 조용히 소주 한 병을 비운 뒤 꺼낸 얘기였다. 그때 은우는 고개를 끄덕이며 엄마 무릎에 얼굴을 묻었다. 녀석은 아직 어려서 죽음의 의미를 이해하지 못해 쉽게 동의한 것처럼 보였지만, 엄마 무릎이 축축하게 젖었던 걸 보면 그 의미를 아는 것도 같았다. 엄마는 만족스러운 표정으로 은우의 머리를 쓰다듬고 나서 나를 쳐다봤다. 나는 시선을 피하면서도 단호하게 말했다. 다른 건 몰라도 이것만은 엄마 말을 따를 수 없었다.

"싫어. 난 안 죽을 거야."

그때 엄마는 화가 난 얼굴이었던가, 슬픈 얼굴이었던가.

"그래, 도형우. 너 혼자 잘 먹고 잘 살아라."

엄마는 아이처럼 쏘아붙이고 은우의 작은 머리에 볼을 비볐다. 그리고 다정한 목소리로 말했다.

"너는 도은우 아니고 이은우. 엄마 아들."

그날 이후로 엄마는 같이 죽자는 말을 하지 않았다.

아니, 정말 하지 않은 건 아니었다. 내가 있는 곳에서 하지 않았을 뿐 은우와 둘이 함께 세상을 떠날 구체적인 계획을 세웠다는 걸 나는 나중에야 알게 됐다.

3

엄마가 죽고 싶다는 말을 하는 건 싫었지만, 그런 말을 하는 이유는 어느 정도 이해할 수 있었다.

"아빠는 프리다이빙 선수였어."
처음 이 얘기를 들은 건 내가 초등학교 2학년이 되었을 무렵이었다. 텔레비전 앞에 앉아 저녁을 먹다가 엄마는 불쑥 아빠 얘기를 꺼냈다. 바다를 탐험하는 스쿠버다이버의 세계를 소개하는 교양 프로그램을 시청하던 중이었다. 스쿠버다이버 주변에서 떼를 지어 헤엄치는 다홍색 물고기들은 꼭 바람에 흩날리는 개양귀비 같았다.
"형우, 사람은 물속에서 숨을 쉴 수 있어, 없어?"
"없어."

엄마가 고개를 끄덕이며 은우에게로 시선을 옮겼다.

"은우, 사람이 물속에 오래 있으려면 어떻게 해야 해?"

"공기통 메고 들어가야 해."

화면을 가리키며 대답하는 은우의 동그란 뒤통수를 엄마가 부드럽게 쓸어내렸다.

"그렇지. 그런데 말이야, 아빠는……."

엄마가 잠시 말을 멈추고 은우와 나를 번갈아 보다 비밀스럽게 목소리를 낮췄다.

"아빠는 공기통 없이도 물속에 들어가는 사람이었어, 돌고래처럼."

그 순간 나는 돌고래 머리가 달린 아빠를 상상했다. 아빠에 대한 기억이 없기에 내 머릿속에서 아빠는 대한민국 아빠들의 평균치 같은 몸에 얼굴만 텅 빈 모습이었는데, 마침내 빈자리에 갖다 붙일 게 생긴 것이었다.

"그럼 숨은?"

은우가 묻자 엄마는 좋은 질문이라는 듯 입가에 미소를 띠었다.

"숨은 쉬지 않지. 그게 프리다이빙이야."

당시엔 엄마의 말을 이해하기 쉽지 않아서 그냥 멀뚱히 눈만 끔뻑거렸다.

내가 만 나이로 서른일곱, 한국식 나이로 서른아홉 살이 된 지금도 프리다이빙은 대중적이라고 할 수 없는 스포츠인데, 아빠가 30여 년 전에 이미 선수로 활동했다는 엄마의 얘기는 신빙성이 다소 떨어졌다. 비인기 종목인 만큼 당시는 우리나라에 프리다이빙 협회가 생기기 훨씬 전이었고, 때문에 공인된 선수라기보다 마니아 정도가 아니었을까 혼자 추측할 뿐이다. 실제로 아빠 이름으로 구글링해봐도 관련된 자료는 하나도 검색되지 않았다.

한 번의 큰 숨을 들이마시고 수직으로 가장 깊이, 혹은 수평으로 가장 멀리 잠수하는 것. 물속에 머무는 동안 숨을 내뱉어도 안 되는 것. 그래서 프리다이빙에서 가장 중요한 것은 폐에 가득 담아둔 산소를 아끼기 위해 몸을 최대한 이완시키는 일, 이산화탄소를 내뱉고 싶은 충동을 다스리는 자기와의 싸움이라는 걸 어른이 된 나는 어느 정도 이해하고 있었지만, 대체 왜 숨을 참는 고통을 견디며 잠수하는지 이해할 수 없기는 지금도 마찬가지였다. 어쨌든 어린 시절의 나는 엄마가 들려주는 아빠 얘기에 금세 매혹되었다. 어느 정도였느냐면, 그 시절 한창 인기를 끌던 텔레비전 외화 시리즈인 스티븐 스필버그의 〈어메이징 스토리〉의 새로운 에피소드를 접한 기분이었다.

"트레이닝할 땐 보트 타고 깊은 바다까지 나가거든. 바다 한가운데 도착하면 아빠는 망설임 없이 물로 뛰어들었어. 폐에 숨을 가득 채운 다음 물속에 들어갈 때는 꼭 물고기처럼 미끈했지. 다리를 지느러미처럼 움직여서 아래로, 아래로, 더 깊이 내려갔어. 아빠는 손바닥만큼 작아졌다가…… 손톱만큼 작아졌다가…… 점만큼 작아졌다가…… 나중엔 깊이를 알 수 없는 어둠의 일부가 됐단다. 아빠가 어둠 속에 머물고 있을 때 세상은 온통 정적으로 가득했어. 아마 바닷속은 더 고요했겠지. 그러다 마침내 어둠에서 떨어져 나온 하나의 점이 다시 손톱만큼 커졌다가…… 손바닥만큼 커졌다가…… 힘차게 수면 위로 올라와 얼굴을 내밀었어. 그때의 아빠는, 정말이지 사람이 아니라 돌고래 같았다니까!"

숨을 고르고 나서 아빠는 은우와 나를 등에 태우고 수면에서 유영했는데, 물에 빠지지 않으려고 아빠 등에 찰싹 달라붙은 우리가 꼭 따개비 같았다면서 엄마는 웃음을 터뜨렸다.

"처음엔 둘 다 무섭다고 엉엉 울었는데, 너희들 기억 안 나지?"

기억나진 않았지만, 엄마 얘기를 듣다 보면 돌고래 머리가 달린 아빠와 아빠 등에 붙은 따개비 두 개가 저절로 그려졌고, 그러면 기억이 조금 나는 것도 같았다.

영웅담과도 같은 아빠의 이야기는, 그러나 새드 엔딩으로 막을 내렸다.

"작년에 동해로 트레이닝 갔을 때였어. 점처럼 작아졌다가 어둠의 일부가 된 아빠는, 다시 수면 위로 올라오지 못했어. 강한 조류에 휩쓸린 건지, 심장마비를 일으킨 건지, 그 아래에서 어떤 일이 일어났는지는 아빠와 바다만이 알겠지. 그렇게 아빠의 육신은 영영 바다에 남게 된 거야."

엄마는 그것이 우리가 바다에 가지 않는 이유라고 덧붙였다.

"바다는 아름답지만, 위험한 곳이거든."

만일 우리 형제에게 바다에 관한 기억이 남아 있다면 그건 훈련하는 아빠를 응원하려고 몇 번인가 바다에 간 적이 있기 때문일 텐데, 아빠가 물속에서 사라져버린 충격에 바다에서의 기억이 나쁜 쪽으로 왜곡됐을지도 모른다고 엄마는 말했다. 또 아빠가 기억에서 희미해진 이유는 아빠를 잃은 슬픔이 너무 큰 탓이라고, 사람은 감당하기 힘든 기억을 스스로 지워버리기도 한다고 설명해주었다. 얘기를 듣다 보면 마음 가장 깊은 자리에 노을처럼 그리움이 번졌고,

아빠가 보고 싶어 사진을 찾으면 엄마는 다 없애버렸다며 고개를 저었다.

"보면…… 더 슬퍼지니까."

위험한 곳이라며 우리를 바다에 데려가지 않던 엄마는, 가끔 새벽에 일어나 세면대에 물을 받고 한참 동안 얼굴을 담그곤 했다. 숨을 참고, 참았던 숨을 터뜨리고, 다시 얼굴을 담그고, 그 일을 몇 번씩 반복한 다음 수건으로 얼굴을 닦고 방에 돌아와 아무 일 없던 것처럼 우리 옆에 누웠다. 그럴 때면 나는 눈을 꼭 감고 깊이 잠든 척했다.

물속에서 잠이 든 꿈을 꾸는 이유는 아마 엄마가 들려준 얘기 때문일 것이다. 하지만 가끔은 아빠에 관해 듣기 전에 이미 그 꿈을 꾼 것 같다는 생각이 들 때도 있다. 같은 꿈이 되풀이된다는 건 이상한 일이지만, 엄마가 슬퍼할까 봐 꿈 얘기를 하지는 않았다.

우리 형제는 아빠의 빈자리를 엄마가 들려주는 이야기로 채워나갔다. 우리는 매일 밤 이미 다 알고 있는 아빠 얘기를 또 해달라며 엄마 팔에 매달렸는데, 언제부턴가 엄마도, 은우도, 나도 약속이라도 한 것처럼 더 이상 아빠 얘기를 꺼내지 않았다. 엄마가 들려주는 이야기 속에서 생생하게 살아 있던 아빠는 엄마와 은우와 나, 각자의 기억 가장 깊은 곳으로 서서히 가라앉았다.

4

통.

투둥.

투두둥, 투두두둥.

차체를 두드리는 소리에 눈을 떴다. 청각에 신경을 모은 채 가만히 누워 있다가 자리에서 일어났다. 트럭 앞창에 밤톨만 한 빗방울이 떨어지고 있었다. 창문에 쳐둔 모기장에 물방울이 맺혀 구슬처럼 반짝였고, 틈새로 튀어 들어온 빗물이 좌석 시트 위에서 점점이 부서졌다. 앞좌석으로 기어가 비가 들이치지 않을 만큼 창문을 올렸다. 무거운 습기가 바닥에서부터 차오르는 기분이 들어 트럭 안에 있는 선풍기를 모조리 켰다. 차창에 흘러내리는 빗줄기를 따라 밤의 풍경이 뭉개졌다. 지붕 위로 빗방울이 떨어지는 소리와 그 소리가 차체 안에서 울리는 소리가 리드미컬하게 이어졌다. 점이었던 소리가 선이 되고, 선이었던 소리가 빠르게 면으로 확장되며 마침내 하나의 공간으로 변했다. 빗소리에 갇힌 밤은 낭만적이었다. 물론 일이 끝났거나 상하차 대기 중일 때만 잠시 감상에 젖을 여유가 허락됐다. 물건을 싣고 고속도로를 달릴 때 장대비가 쏟아지면 신경이 예민해질 수밖에 없었다.

뿌연 차창 너머로 바깥 상황을 살폈다. 물류센터 앞에는 여전히 하차를 기다리는 트럭들이 줄지어 서 있었다. 비가 제법 쏟아져 대기 시간이 예상보다 길어질 게 분명했다. 다시 침대에 누웠다. 물류센터 직원들이 트럭에 짐을 싣거나 내리는 동안 나는 주로 화물365 앱을 살펴보고, 다음 일거리를 잡으면 상하차 작업이 끝날 때까지 영화를 보거나 책을 읽거나 잠을 잤다. 도로 위에서 오랜 시간을 보내는 직업 특성상 부족한 운동량을 늘리려고 트럭 주변을 걷거나 운송비를 연체하는 업체에 독촉 전화를 거는 날도 있었다. 하지만 역시 이렇게 비가 내리는 밤에는 침대에 누워 빗소리를 듣는 게 좋았다.

트럭커로 일한 지 10년 가까이 되니 이젠 집보다 5톤 트럭이 더 편하게 느껴졌다. 트럭은 작은 집이었다. 뒷좌석을 개조해 침대 칸을 마련해두었고, 침대 위 수납장에는 갈아입을 옷과 속옷이 충분했으며, 미니 냉장고와 전자레인지까지 갖추었으니 캠핑카나 다름없었다. 씻을 땐 고속도로 휴게소 화물차 라운지나 화물터미널 샤워실을 이용했다. 서울 집에는 2주에 한 번 들를 때도 있었고, 한 달에 한 번 들를 때도 있었다. 회사에서 일을 받는 지입차주와 달리 나는 직접 콜을 잡고 움직이기 때문에 동선이 자유로운 만큼 생활은 즉흥적이고 불규칙했다. 중부내륙고속도로를 달리다 문득 바다가 보고 싶어지면 동해와 인접한 도시로 가는 콜을 잡았다. 운임을 적게 받더라도 빈 차로 가는 것보다 나았고, 마땅한 일거리가 없으면 빈 차로도 달려갔다. 어떤 날은 포항에서 하루, 어떤 날은 울진에서 반나절, 어떤 날은 강원도까지 올라가 며칠 머무는 식이었기에 트럭커로 일한다기보다 트럭 타고 여기저기 떠돌며 살아가는 쪽에 가까웠다.

빗줄기가 조금씩 잦아들었다. 앞차에서 잠시 멈췄던 하차 작업이 재개돼 슬슬 운전석으로 자리를 옮겼다. 바깥 상황을 살피며 샌드위치로 배를 채웠다. 짐을 내리면 곧장 목포로 달려갈 것이다. 목포에서 조미김을 싣고 나주로 간 다음 계속해서 동쪽으로 가는 콜을 잡으며 이동하는 게 나의 계획이다. 물론 계획대로 일이 잡힐지는 가봐야 아는 거지만. 낮에 편의점에서 사 온 샌드위치는 차갑고 퍼석했다. 같이 산 김밥도, 도시락도 비슷할 것이다. 뭐든 냉장고에 넣어두면 맛은 사라지고 온도만 남는다. 음식이 아닌 음식 모형을 먹는 기분이다. 그래도 상관없었다. 나에게 뭔가를 먹는 행위는 미각을 위한 것이 아닌 단순한 연료 보충에 불과하니까. 흐린 밤하늘 위로 몸집이 커다란 새가 날아갔다. 이 비를 맞으며 어디로 가나. 빗줄기 사이로 새를 좇던 시선이 이내 허공에서 방향을 잃었다. 딸각. 며칠 전에 본 새들이 슬라이드 영상처럼 눈앞에 나타났다 사라졌다.

여름이 시작되고 벌써 두 마리를 봤다. 방금 지나간 새처럼 하늘을 날거나 혹은 땅에서 먹이를 찾거나 전깃줄에 앉아 있는 새를 말하는 게 아니다.

처음에 본 새는 서울 집 화단 풀숲에 웅크리고 앉아 있었다.

작년처럼 올여름에도 비가 많이 내렸다. 한차례 폭우가 쏟아지고 구름이 걷히며 해가 내리쬐는 틈을 타 세상의 모든 초록빛이 무성하게 번졌다. 아파트 단지에 주기적으로 들르는 조경 업체에서 가지치기를 하고 풀을 베어내도 그때뿐이었다. 그 무서운 생명력에 둘러싸여 새는 죽어가고 있었다.

처음엔 알을 낳는 거라고 생각했다. 새가 자리를 잡은 곳이 둥지로 보이지 않아 조금 의아했는데 그 눈을 들여다보고 본능적으로 깨달았다.

너 지금 죽음을 기다리고 있구나.

새는 아직 어려 보였다. 무언가 잘못 먹었거나 병에 걸린 모양이었다. 사람을 보고도 도망갈 생각을 하지 않았다. 그저 때를 아는 것처럼 마지막 순간을 기다리고 있었다. 이미 죽음의 문턱을 넘어선 생명에게 내가 해줄 수 있는 최선은 그 작은 심장이 불안을 느끼지 않도록 조용히 자리를 뜨는 것뿐이었다.

며칠 뒤에는 대로변 보도블록에 앉아 있는 새와 마주쳤다. 먼저 본 새와 똑같은 눈을 하고 있어 이번에는 상황을 좀 더 빨리 눈치챌 수 있었다. 바로 옆에서 차들이 오가고 사람들이 지나다니는 곳. 무엇보다 딱딱한 보도블록 위라니 편안한 죽음을 맞이하기에 적당한 장소로 보이지 않았다. 새들은 죽기 전에 몸을 숨긴다는데 이 녀석에게는 대체 어떤 사정이 있는 건지 나로서는 알 도리가 없었다. 새는 작은 몸집으로, 혼자서, 남은 숨을 천천히 몰아쉬고 있었다.

여름은 죽기 좋은 계절인가.

밤보다 더 까만 도로 위를 달릴 때면 죽어가던 새들의 눈동자가 불쑥 떠올랐다. 그것이 마치 복선이나 피할 수 없는 저주처럼 느껴져 눈을 감은 채 핸들을 놓아버리고 싶은 충동이 일었고, 그럴수록 핸들을 꽉 잡으면서 스스로에게 물었다.

나는 죽고 싶은가, 살고 싶은가.

이것이 지난 10년 동안 나를 살아 있게 한 질문이었다. 지금껏 내가 살아 있는 이유는 살고 싶어서가 아닌, 아직 답을 찾지 못했기 때문이다.

휴대전화가 울렸다. 내가 싣고 온 짐을 내릴 준비가 됐다는 전화였다. 남은 샌드위치를 한입에 욱여넣고 시동을 걸었다.

5

 "아들들, 그거 알아? 깊은 물속에서는 사방이 다 똑같이 느껴진다는 거. 물이 아무리 맑아도 어디가 위인지, 아래인지, 옆인지 구분이 안 된대. 게다가 수압 때문에 내 몸이 위로 떠오르는 건지, 옆으로 흘러가는 건지, 아래로 가라앉는 건지 도무지 알 수 없다는 거야. 감각을 완전히 잃어버리는 거지. 태양 빛으로 짐작되는 조금이라도 밝은 곳을 향해 헤엄치면 된다고 생각하겠지만, 그곳이 위쪽이 아닌 경우도 많대. 아무리 헤엄쳐도 수면에 닿지 않는 거지. 그렇게 물속에서 길을 잃어버리는 거야, 영영."

6

오르막길이었다.

산세를 따라 구불구불 이어지는 길을 달려온 끝에 마지막 관문처럼 가파른 경사로가 기다리고 있었다. 아니기를 바라며 내비게이션 화면을 확대했다. 화면 속 파란색 실선은 지방 도로에서 곁가지처럼 뻗어 경사로를 따라 이어지고 있었다. 저 위 어딘가에 내가 싣고 갈 생수 박스가 잔뜩 쌓여 있다는 얘기였다. 목적지에 다다랐다는 안도감 대신 신경이 곤두섰다. 폭 2.4미터, 길이 8.5미터, 높이 2.4미터, 최대 적재량이 12톤인 5톤 축차가 겨우 지나갈 수 있는 비탈길. 대체 누가, 왜 이런 곳에 생수 공장을 지었단 말인가! 심지어 길 좌측은 나무들이 가지를 길게 뻗었고 우측은 계곡이었다. 자칫 차가 아래로 빠지면 크레인도 부르고 수리도 맡겨야 할 텐데, 그렇게 되면…… 막막했다. 트럭커에게 사고는 파산이나 다름없었다. 문제는 또 있었다. 올라가는 길에 위에서 내려오는 다른 차량과 마주쳐도 난감할 일이었고, 무거운 짐을 실은 채 좁고 가파른 길을 내려오는 건 올라갈 때보다 어려울 게 분명했다. 운임이 괜찮은 데는 다 이유가 있지. 그걸 알고도 콜을 잡은 내가 한심하게 느껴졌다.

새벽에 목포에서 김을 싣고 나주로 갔다가 나주에서 플라스틱 박스를 싣고 곡성으로 이동했다. 곡성에서 화물365 앱을 확인하다 산청에서 생수를 싣고 포항으로 가는 콜을 잡았다. 운이 좋은 날이었다. 운임이 높은 걸 보고 분명 그만한 이유가 있을 거라고 의심했던 것도 사실이다. 아닌 게 아니라 몇 번인가 상차지나 하차지에서 이런 일을 겪었다.

"어떡하죠? 저희 직원들 식사하러 가고 없는데……. 혹시 사장님 지게차도 운전하세요?"

몇 시까지 도착하면 짐을 바로 받을 수 있는지 미리 통화하고 출발해도 가끔 이런 일이 생겼다. 물론 나는 지게차도 다룰 줄 알고, 일부 트럭커들이 고정 거래처에 가면 서비스 차원에서 직접 지게차를 몰아 짐을 싣거나 내려준다는 것도 알고 있었다. 운임에 몇만 원 더 얹어주며 작업을 부탁하는 경우도 있으나 결코 반가운 일은 아니었다. 지게차로 짐을 싣거나 내리는 것은 업체에서 할 일, 짐을 단단히 고정한 뒤 약속된 시간까지 안전하게 배송하는 것이 내가 할 일인데, 한번 이 리듬이 깨지면 다음 일에도 차질이 생기기 때문이었다.

돈도 돈이었지만, 그보다 동선이 좋았기에 점심도 거른 채 곧장 산청으로 향했다. 내일 영덕에서 약속이 있으니 하차지가 포항인 일감을 잡은 건 정말 운이 좋은 거였다. 포항에서 영덕까지 운임이 적더라도 일을 하나쯤 더 할 수 있으면 좋은 거고, 아니어도 상관없었다.

계획대로 착착 일이 잡혀 모처럼 콧노래까지 부르며 달려왔는데, 막상 좁고 가파른 데다 계곡까지 맞닿은 길을 마주하니 그래, 이게 인생이지 싶었다.

무사히 생수를 싣고 포항에 가면 통장에 입금될 금액.

만약이라는 복병이 끌어올지도 모를 불행.

돈을 포기하고 차를 돌릴 것인가, 위험 부담을 안고 직진할 것인가.

경사로 입구에 트럭을 세웠다. 차에서 내려 눈으로 직접 확인한 결과 좌측으로 좀 더 붙으면 그럭저럭 올라갈 수 있을 거라는 계산이 나왔다. 적재함 윗이 나뭇가지에 살짝 닿긴 하겠지만, 그나마 가지가 억세지 않아서 다행이었다. 위쪽을 살폈다. 차가 내려올 기미는 느껴지지 않았다.

트럭에 올라타 숨을 길게 내쉬었다. 어려운 일이 있을 땐 작고 단순하게 쪼개서 생각하는 편이 어느 정도 도움이 됐다. 그다음은 한 번에 하나씩만 하는 거다. 그러고 나면 어떻게든 흘러갔고 어떻게든 살아졌다. 이제부터 내가 할 일은······.

1. 올라간다.
2. 짐을 받는다.
3. 내려온다.

이렇게 생각하니 조금 쉬워졌다. 그러니까 지금은, 일단 올라가는 거다.

7

왼쪽은 서른아홉.

오른쪽은 서른일곱.

화장실에서 머리를 감다가 거울 속 나와 눈이 마주쳤다. 고개를 좌우로 천천히 돌리며 거울 속 남자를 바라보다 비누 거품을 헹귀냈다. 티셔츠를 벗자 옷 모양 그대로 허연 속살이 드러났다. 몸은 얼굴과 대비돼 더 하얗게 보였다. 물에 적신 수건으로 대충 몸을 닦고 새 티셔츠를 께입었다. 어제 모처럼 진땀 빼며 하루를 보냈기 때문인지 오늘은 평소보다 더 늙어 보였다.

트럭을 몰고 다니면서 나는 두 개의 얼굴을 갖게 되었다. 햇볕을 직접적으로 받은 왼쪽 얼굴이 더 진한 구릿빛으로 그을렸고 깊이 팬 주름도 많아 오른쪽 얼굴에 비해 확실히 나이 들어 보였다. 가끔 내가 한국식 나이로 서른아홉이라는 걸 깨닫고 놀랄 때가 있었는데, 사이드미러나 화장실 거울에 비친 왼쪽 얼굴을 볼 때면 내가 오래 살았다는 걸 실감했다. 반면 생일이 지나지 않아 만으로 서른일곱이라 생각하면 아직 괜찮은 나이로 느껴지는 날도 있었다. 어떤 날은 서른아홉의 기분으로 살았고, 어떤 날은 서른일곱의 기분으로 살았다.

운전석에 올라 물을 마셨다. 어제 생수 공장에서 고생했다며 건넨 2리터짜리 생수 두 통 중 하나였다. 공장 직원도 친절했고 상차하는 동안 맑은 공기를 실컷 마실 수 있었지만, 그것과는 별개로 앞으로 절대 콜을 잡지 말아야 할 곳 리스트에 올려두었다. 가파른 경사로를 오를 때의 긴장감을 사방에 낮게 깔린 음산한 안개에 비유한다면, 내려갈 때의 공포는 뿌연 안개 속에서 쇠갈고리가 튀어나와 목덜미를 휙 낚아채는 기분이라고 할 수 있었다. 배기브레이크를 3단으로 당기고, 풋브레이크 압력을 일정하게 유지하며 천천히 내려가도 짐칸에 실어둔 생수통 무게 때문에 금방이라도 트럭이 앞으로 고꾸라질 것만 같았다. 방향이 조금만 틀어져도 계곡에 빠진다는 생각에 모든 신경세포가 곤추서 비명을 질러댔고, 손바닥은 마르지 않는 샘물처럼 땀방울을 뿜어냈으며, 입에서는 의미를 알 수 없는 괴성이 새어 나왔다. 그 순간을 다시 떠올리는 것만으로 심장박동이 빨라졌다. 그래도…… 물맛은 좋네. 평소 일할 때는 화장실 문제로 물을 양껏 마시지 못했는데, 오늘은 생수 한 통을 금방 비우게 될 것이다. 오늘은 자체 휴일이었다.

해가 뜨면서 어둠이 흩어지고 그 사이로 붉은빛이 스며들었다. 어제 포항에서 생수를 내리고 해안 도로를 따라 영덕으로 올라와 트럭에서 잠을 잤다. 오늘 이곳에서 그 사람들을 만난다. 어쩌면 오늘 오랫동안 품어왔던 질문의 답을 찾을 수 있을지 모른다. 나는 죽고 싶은가, 살고 싶은가.

약속한 시간까지 아직 여유가 있었다. 한쪽 팔을 높이 들고 겨드랑이에 코를 들이밀었다. 반대쪽 냄새도 맡아본 다음 고개를 숙이고 코를 킁킁거리며 몸 이곳저곳을 확인했다. 여름이라 수건으로 몸을 닦고 옷을 갈아입는 것만으로 땀내를 완전히 지울 수 없었다. 머리는 화장실 세면대에서 감았으니 그나마 다행이었다. 그조차 허락되지 않는 상황에서는 머리에 드라이샴푸를 잔뜩 뿌리곤 했다.

냉장고에서 김밥을 꺼냈다. 김밥은 차갑고 퍼석했다. 입안에서 내용물이 알알이 흩어지는 김밥을 먹으며 저 아래 펼쳐진 수평선을 바라봤다. 검붉게 일렁이던 바다는 서서히 파란빛을 되찾고 있었다. 근처에 화물터미널이 없어 주차를 어찌해야 하나 난감했는데, 그 사람들 중 진 사장님이라 불리는 사람이 이곳을 알려줬다. 지방 도로와 이어지는 곳에 위치하고 진입로가 넓어 트럭이 들어오기 좋았다. 어촌계장 사유지라는데, 어떤 용도로 사용했는지 알 수 없는 낡은 컨테이너 건물과 야외 화장실만 있고 그 외에는 나무와 흙, 자갈, 바위가 전부였다. 절벽 꼭대기에 자리 잡은 이곳은 마을의 지붕과도 같았다. 이 일대는 해안가를 따라 기암절벽이 이어졌는데, 절벽 아래 굴처럼 움푹 들어간 곳에 작은 마을이 있었다. 마을에서 조금 더 내려가면 바닷가였다. 해저 지형이 마을의 형상과 꼭 닮아 방파제 너머로 절벽이 있고, 거기서부터 수심이 급격히 깊어진다고 했다. 굴처럼 움푹 들어간 독특한 지형 때문에 마을 사람들은 공문서에 쓰이는 지명과는 별개로 바다는 '아랫굴', 이곳은 '윗굴마을'이라 불렀다. 조용하던 윗굴마을이 한때 시끄러웠던 적이 있는데, 그건 이곳 바다에 몸을 던져 생을 마감한 어느 무명 가수 때문이었다.

 죽기로 결심한 무명 가수는 전 재산을 들고 동해로 여행을 떠났다. 돈이 다 떨어지면 바다에 뛰어들자고 생각했던 것이다. 강릉에서 시작해 조금씩 남쪽으로 내려오며 생의 마지막 여행을 이어가던 그는 마을 사람으로부터 "이곳 바다 지형이 죽기에 안성맞춤"이라는 얘기를 듣고 윗굴마을에 눌러앉았다. 물론 마을 사람은 '바다가 무척 험하니 물놀이를 하려거든 방파제 안쪽에서 노시오'라는 의미로 한 말이었으나 무명 가수 귀에는 '이곳이 무덤'이라는 신의 계시처럼 들렸다.

바다에 육신을 묻기로 정한 날, 그는 모래사장에 앉아 녹음기를 손에 들고 마지막 노래를 불렀다. 윗굴마을에 온 뒤로 곡을 쓰고 가사를 붙여 만든 노래였다. 노래를 부르다 보니 조금은 살고 싶은 마음도 들었지만, 지금껏 관객 없이 노래를 불러야 했던 날들을 떠올리자 금세 다시 죽고 싶어졌다. 한 손엔 녹음기를, 다른 손엔 유리병을 들고 무명 가수는 바다에 들어갔다. 밀려오는 파도에 휘청거리며 한 발씩 나아가다 보니 어느새 방파제 끝이었다. 발을 디딜 수 있는 곳이 어디까지인지 물 색깔만 봐도 알 수 있었다. 그는 절벽 앞에 불안하게 선 채로 녹음기에 마지막 말을 남겼다. 기기를 지퍼백에 넣고, 다시 지퍼백을 돌돌 말아 유리병에 넣은 뒤 뚜껑을 닫았다. 그는 노래가 담긴 유리병을 할 수 있는 만큼 멀리 던졌다. 그다음에 던진 것은 자신의 몸이었다.

무명 가수의 육신은 며칠 뒤에 인근 방파제에서 발견됐다. 유리병은 무명 가수가 발견된 곳에서 멀지 않은 모래사장에 처박혀 있다가 100일 기념으로 바다를 찾은 젊은 연인의 눈에 띄어 다시 빛을 볼 수 있었다. 젊은 연인은 유리병에서 지퍼백을 끄집어내고, 지퍼백을 열어 녹음기를 꺼낸 다음 재생 버튼을 눌렀다. 마지막 녹음 파일에는 무명 가수의 유언이 남아 있었다. 날짜와 시간, 그리고 이름을 말한 뒤 낮은 목소리로 몇 마디 중얼거렸으나 함께 녹음된 파도 소리, 바람 소리 때문에 선명하게 들리지 않는 부분도 있었다. 녹음기에는 생의 마지막 여행을 하며 남긴 음성 일기도 여러 개 들어 있었는데, 덕분에 무명 가수의 사연을 어느 정도 짐작할 수 있었다. 젊은 연인은 인터넷 커뮤니티에 무명 가수의 노래와 음성 파일을 올렸고, 팬 카페도 만들어 운영했다. 무명 가수는 더 이상 무명이 아니었다. 사람들은 죽은 그의 노래를 듣고, 불렀다. 무명 가수 이야기가 퍼지면서 윗굴마을은 단숨에 자살 명소로 떠올랐다. 처음엔 추모객이 몰렸으나 점차 무명 가수와 같은 목적을 가진 사람들만 찾아왔다. 마을 사람들은 혼자 바닷가를 배회하는 외지인을 경계하게 되었다.

　세월이 흐르며 무명 가수의 이야기도 서서히 잊혔다. 그럼에도 가끔 어두운 얼굴로 바닷가를 찾는 사람이 있었다. 언제부턴가 물귀신이 나온다는 소문까지 퍼지면서 관광객은 점점 드물게 찾아왔으며, 관광객이 적은 덕분에 바다는 근방에서 제일 깨끗하다…… 라고 나무위키에 적혀 있다.

타이어가 자갈을 밟는 소리가 들려왔다.
그 사람들이다.
운전석에 기대고 있던 등을 바로 세우고 사이드미러를 살폈다. 거울에 검은색 차량이 비쳤다. 숨을 길게 내쉰 다음 챙겨둔 짐 가방을 한쪽 어깨에 메고 트럭에서 내렸다. 흙먼지를 일으키며 검은색 레인지로버가 내 앞에서 멈췄다. 강렬한 태양에 먼지 입자가 금빛으로 반짝였다. 뿌연 먼지가 사라지자 거대한 흑표범 한 마리가 눈을 번쩍이며 모습을 드러낸 듯한 환상에 몸의 모든 근육이 수축했다.
스르르, 조수석 창문이 열렸다.
"타시죠."
창문을 연 남자가 말했다.
가방끈을 잡은 손에 힘이 절로 들어갔다. 나는 아주 잠시 망설였고, 내가 망설이고 있다는 걸 사람들이 눈치챘을 거라고 생각하면서 차에 올라탔다. 이 결정이 나의 의지인

줄 알았는데 차에 타는 순간 깨달았다. 생, 혹은 운명이라 부를 만한 무언가가 나를 이곳에 데려왔다는 걸.

탕. 문이 닫혔다.

8

 세상이 빙빙 돌았다.
 아니, 출렁거렸다.
 규칙적인 리듬을 타고 상하좌우로 흔들리는 교묘한 움직임이 마치 어릴 적 놀이터에서 회전무대를 타고 빠른 속도로 스무 바퀴쯤 돈 다음 바닥에 착지했을 때의 기분을 느끼게 했다. 나는 멈춰 있으나 세상이 뱅뱅거리고, 뇌와 위를 비롯한 몸 안의 모든 장기가 울렁거리는 기분. 눈을 떠도 괴롭고 감아도 괴롭고, 앉아 있어도 고통스럽고 누워 있어도 고통스러운 기분. 딱 죽고 싶은 심정인 동시에 이것만 사라지면 뭐든 할 수 있을 것 같은 기분. 뱃멀미였다.
 "읍!"
 비닐봉지에 얼굴을 처박았다. 위장에 들어 있던 음식물

이 곧 역류할 거라는 신호도 없이 한꺼번에 솟구쳐 올라왔다. 아침으로 먹은 김밥을 게우고 나니 그나마 정신이 돌아왔다.

"미리 멀미약 먹어두라니까."

누군가 내 등을 두드리며 말했다. 짙은 안개를 닮은 목소리. 나직이 속삭여도 마이크에 대고 말하는 것처럼 묵직한 울림이 있는 목소리. 진 사장님이었다. 선글라스를 끼고 있어 표정은 알 수 없었지만, 건조한 말투처럼 눈동자에도 별다른 감정이 들어 있지 않을 것 같았다. 귀와 목덜미가 드러날 만큼 짧은 머리칼이 은회색으로 빛나고, 태양에 단련된 사람답게 피부는 건강한 구릿빛을 띠고 있었다. 얼굴선이 전체적으로 날카로운 데다 오륙십대 여성 평균을 한참 웃돌 것으로 짐작되는 큰 키, 마르지만 다부진 체격 때문에 먼저 말 걸기 쉽지 않은 이미지였다.

"다음엔 꼭 미리 먹어둬요. 배가 작아서 멀미가 심하니까."

진 사장님이 오물이 담긴 비닐봉지를 낚아채고 새 비닐봉지를 쥐여줬다. 내 몸에서 나온 것들은 내가 처리하고 싶어서 손을 뻗었지만, 진 사장님은 벌써 조타실 뒤쪽으로 사라진 뒤였다. 아이고, 모르겠다. 힘이 없고 어지러워 등이 닿는 가장 가까운 곳에 몸을 기댔다. 어릴 때는 아빠 따라 바다에 종종 나갔고 배를 탄 적도 있다지만, 기억이 나지 않으니 내가 뱃멀미를 했는지 어땠는지 알 수 없었다. 무엇보다 매일 트럭을 타고 전국 곳곳을 달리는 게 일상인 만큼 멀미쯤은 괜찮을 거라고 생각했는데 착각이었다.

자신이 속해 있는 세상을 까맣게 잊게 할 만큼 맑고 파란 바다. 그 한가운데에 하얀색 작은 배가 떠 있었다. 한때는 어선으로 쓰였으나 진 사장님이 인수하면서 '마리아나호'로 새롭게 항해를 시작한 배였다. 세상에서 가장 깊은 바다 마리아나해구에서 이름을 따온 배 한쪽에 나는 아무렇게나 던져둔 해조류처럼 축 늘어져 있었다. 바다와 배. 멀리서는 고요하고도 잔잔한 풍경처럼 보이겠지만, 배 위에서 겪는 바다는 그야말로 생생하게 살아서 출렁이고 있었다. 쉴 틈 없이 꿈틀거리고 요동치며 생명력을 과시하고 있었다.

"어디 보자. 혈색이…… 쪼끔 나아졌네."

오물을 처리하고 돌아온 진 사장님이 선글라스를 들어올리고 내 안색을 살폈다. 좁아졌던 미간을 부드럽게 풀면서 그녀는 내 어깨를 가볍게 두드리고 뱃머리에 걸터앉았다. 척추가 곧아 자세가 꼿꼿함에도 불구하고 그녀에게선 자유로움이 느껴졌다. 은회색으로 빛나는 머리칼에서 바람

냄새가 날 것만 같았다. 진 사장님의 시선이 닿은 곳에 노란색 부이(buoy)가 떠 있었다. 바다의 일부인 것처럼 너울 따라 규칙적으로 흔들리던 부이가 조금 다른 형태로 움직이는가 싶더니 이내 물속에서 까맣고 미끈한 무언가가 솟아올라 거친 숨을 내뱉었다. 잠시 후 하나 더. 그리고 또 하나. 그건 사람이었다. 후드 달린 웨트슈트와 얼굴에 쓴 고글 때문에 멀리서 보면 수면 밖으로 고개를 내민 거북이나 물개처럼 보일 것 같았다. 부이에 매달린 몸집이 작은 여자는 청색증으로 입술이 파랬다. 그뿐만 아니라 머리와 어깨를 비롯해 전신이 부르르 떨리고 있었다. 몸에 산소가 부족하다는 신호였다. 남자 두 명이 고글을 벗어 부이에 올려두고 여자를 주시했다. 긴장이 감도는 상황에 나는 뱃머리 쪽으로 좀 더 가까이 다가갔다.

"고글!"

여자를 지켜보던 진 사장님이 차분하지만 분명한 음성으로 외쳤다. 여자가 떨리는 손으로 고글을 벗으려 했으나 몸이 마음처럼 움직이지 않는 듯했다.

"고글! 집중!"

진 사장님이 다시 날카롭게 외쳤다. 고글을 벗으려고 시도하던 여자는 떨리는 손으로 자기 뺨을 때렸다. 그마저 쉽지 않아 보였지만, 저산소증으로 찾아온 운동신경 조절 장애를 극복하기 위해 온 힘을 다하고 있는 게 느껴졌다. 떨리는 증상이 잦아들자 여자는 고글을 벗고, 이어서 노즈클립까지 제거한 다음 엄지와 검지를 동그랗게 모으며 사인을 보냈다.

"아임 오케이!"

옆에 있던 남자 둘이 여자 얼굴에 물을 뿌리며 휘파람을 불고 환호했다. 물세례를 맞으면서도 여자는 즐거운 얼굴이었다. 파랗던 입술엔 어느새 붉은 피가 돌고 있었다.

"사장님, 저 오늘 피비(PB, Personal Best) 경신했어요!"

진 사장님이 엄지를 세운 손을 높이 들었다.

물속에서 새파란 얼굴로 올라와 몸을 떨면서도 정신을 놓지 않기 위해 자기 뺨을 때리는 여자. 그런 여자에게 물을 뿌리며 기뻐하는 남자들. 때론 코피를 쏟거나 피 섞인 침을 뱉으면서도 기어코 다시 물속에 들어가는 사람들. 사정을 모르는 사람이 보면 기괴한 집단처럼 보일 게 분명한 이들은, 프리다이버들이었다.

9

메모

202X년 8월 X일 오전 11:19 저장됨

프리다이빙 대표 종목

스태틱 앱니아(Static Apnea)

물 위에 엎드려 숨을 참는 종목. 수영장이나 제한 수역에서 진행. 현재 세계 최고 기록: 11분 35초.

다이내믹 앱니아(Dynamic Apnea)

숨을 참으며 이동한 수평 거리를 측정하는 종목. 주로 수영장에서 진행. 핀을 착용하는 종목(DYN)과 핀을 착용하지 않는 종목(DNF)으로 나뉨.

현재 세계 최고 기록: DYN 307미터, DNF 250미터.

프리 이머젼(Free Immersion)

숨을 참으며 수직으로 깊이 잠수하는 종목. 부이에 달린 가이드 로프를 잡고 내려갔다 다시 줄을 잡고 올라옴.

현재 세계 최고 기록: 수심 135미터.

콘스턴트 웨이트(Constant Weight)

부력 조절을 위해 착용하는 납의 무게를 일정하게 유지하며 수직으로 잠수. 피닝만으로 가이드 로프를 따라 하강 및 상승하되 턴할 때만 줄을 잡는다. 핀을 착용하는 종목(CWT)과 착용하지 않는 종목(CNF)으로 나뉨.

현재 세계 최고 기록: CWT 수심 136미터, CNF 수심 103미터.

서피스 프로토콜(SP, Surface Protocol)

프리다이버는 출수 시 ①안면에 착용한 장비(마스크 혹은 고글과 노즈클립)를 모두 제거하고 ②손으로 OK 사인을 하는 동시에 ③음성으로 "아임 오케이!"라고 말해야 한다.

저산소증으로 인한 운동신경 조절 장애(LMC, Loss of Motor

Control)나 의식상실(BO, Black Out)로 SP를 온전하게 수행하지 못할 경우 실격 처리된다.

10

 육지에 닿자 프리다이버들은 저마다의 짐을 들고 마리아나호에서 내렸다. 짐이 든 가방에서 물이 뚝뚝 떨어졌다. 바닷물에 발가락 하나 담그지 못한 나는 가방을 그대로 들고 배에서 내렸다. 다이버들이 지나간 자리에 점점이 떨어진 물 자국을 보며 생각했다. 어떤 걸까. 숨을 참으며, 수압을 견디며 잠수하는 기분은. 살아 있는 바다를 온몸으로 느끼며 하강하는 기분은. 마침내 목표 수심에 도달해 더 깊은 바다를 바라보는 기분은. 그리고, 몸을 돌려 아른거리는 수면을 향해 올라오는 기분은. 수면 위로 튀어 올라 몸에 가득한 이산화탄소를 내뱉고 산소를 들이마시는 기분은. 궁금한 것투성이였지만 나에게는 첫 승선이나 다름없으니 오늘은 바다 한가운데에 다녀온 걸로 만족하기로 했다. 그나마 다행인 건 물 위에 떠 있는 게 긴장되긴 해도 걱정했던 것만큼 무섭지 않다는 점이었다.

태양이 표준자오선을 지나면서 세상은 저마다의 빛깔을 남김없이 뿜어냈다. 바다는 더 진한 파랑으로, 나무와 풀은 더 진한 초록으로 빛났다. 바다를 등지고 서자 맞은편에 펼쳐진 기암절벽 사이로 윗굴마을이 보였다. 집이 몇 채인지 세어볼 수 있을 만큼 작은 마을이었다. 절벽에 둥지처럼 자리 잡은 집들 사이로 좁은 길이 뿌리처럼 이어져 집들은 따로가 아닌 서로 연결된 것처럼 보였다.

"저기예요. 저 흰색 줄무늬 지붕."

자기 뺨을 때리던 여자가 손가락으로 한 곳을 가리키며 내게 말했다. 진 사장님이 운영하는 마리아나펜션이었다. 어촌에서 흔히 볼 수 있는 평범한 단층집이었는데, 빨간 지붕에 세로로 흰색 페인트를 칠해 금방 눈에 띄었다. 한 달에 한 번 이곳에서 모이는 이들은 항상 마리아나펜션에서 일박을 한다고 했다. 서울에서 함께 고속버스를 타고 내려오면 진 사장님이 매번 레인지로버를 몰고 터미널까지 마중 나온다고 했다. 네 사람 모두 시간 맞춰 모이는 건 한 달에 한 번이지만 개별적으로는 좀 더 자주 찾는 모양이었다.

엄마와 은우가 떠나고, 숨을 아무리 크게 들이마셔도 산소가 심장에 닿지 않는 것처럼 갑갑할 때면 나는 바다로 달려갔다. 어떤 날은 포항에서 하루, 어떤 날은 울진에서 반나절, 어떤 날은 강원도까지 올라가 며칠 머무는 식으로 멀리서 바다를 바라봤다. 그리고 생각했다. 나는 죽고 싶은가, 살고 싶은가.

작년 8월 이맘때, 그러니까 엄마와 은우의 기일이 다가오는 즈음이었다. 영덕에서 하차를 끝내고 이동하다 덜컥 숨이 막혔다. 창문을 내리고 입을 크게 벌려도 숨은 차오르지 않았다. 경로를 바꿔 무작정 근처 바다로 달렸다. 한적한 도로에 잠시 트럭을 세워두고 하염없이 바다를 바라보자 조금씩 숨이 채워졌다. 숨이 채워지니 주변 풍경이 하나둘 눈에 들어왔다. 기암절벽에 자리 잡은 마을 아래 방파제가 있었고, 그 모양이…… 뭐랄까, 좀 다정했다. 방파제는 바다를 향해 뻗은 두 개의 팔처럼 보였는데, 한쪽은 팔꿈치를 둥글게 구부린 모양, 다른 한쪽은 앞으로 쭉 뻗은 모양이었다. 그 사이에 연못 같은 바다가 남실거렸고 두 개의 팔, 그 벌어진 틈으로 거친 파도가 들어왔다 이내 순하게 변했다. 방파제 너머로 너울이 일었는데, 거기 노란색 부이가 떠 있었다. 처음엔 누군가 버리고 간 튜브가 거기까지 떠내려갔나 보다 생각했다. 그런데 가만 보니 튜브 옆에 사람들이 있었다. 한 사람이 오리처럼 머리를 거꾸로 처박으며 물에 들어가면 그 사람이 수면에 떠오를 때까지 모두가 바닷속만 바라봤다. 그가 물 위로 올라오면 잠시 뒤 다음 사람이 머리를 거꾸로 처박으며 물에 들어갔다. 수영과는 분명 다른 모습이었고, 해루질이라기엔 낚는 게 아무것도 없었다. 특별히 시선을 끄는 풍경이 아니었음에도 자꾸만 눈길이 갔다. 이상하게도 그들을 보고 있으니 마음이 편안해졌다. 그러다 깨달았다. 저게…… 프리다이빙이구나. 그리고 궁금했다. 아빠는 프리다이빙의 어떤 점에 빠져든 걸까. 대체 프리다이빙이 무엇이기에 아빠는 끝내 바다에서 사라지고 만 걸까.

그날 이후, 가슴이 갑갑할 때면 영덕으로 달려갔다. 매번 프리다이버들을 볼 수 있을까 기대하며 찾아갔지만, 막상 몇 달 뒤 그들을 다시 봤을 땐 다가가지 못하고 멀리서 지켜만 봤다. 기온이 낮아지는 늦가을에도, 물빛만으로 심장이 꽁꽁 얼어버릴 것 같은 겨울에도, 해가 바뀌고 봄이 와도 꾸준히 바다에 들어가는 그들을 조용히 훔쳐보던 어느 날이었다.

"만날 숨어서 보지 말고 같이 한번 들어가죠."

등 뒤에서 들려온 목소리에 흠칫 놀라 돌아봤다. 은회색으로 빛나는 머리카락, 선글라스 뒤에 감춰진 표정, 진 사장님이었다.

"물 밖에서 숨 쉬는 것보다 물속에서 숨 참는 게 더 쉬운 날도 있거든요. 좋아요, 깊이 들어가면."

그 말에 내 마음을 들킨 것 같았고, 그래서 도망치고 싶은 동시에 붙잡히고 싶었다. 당황한 나머지 말도 제대로 못하고 그저 고개를 저었는데, 선글라스 너머로 내 눈을 뚫어지게 보는 시선이 느껴졌다. 아니, 눈보다 더 깊은, 마음까지 꿰뚫는 시선이. 잠시 멈춘 것 같던 시간이 다시 흐르기 시작했고, 진 사장님이 손에 들고 있던 가방에서 뭔가를 꺼내 내밀었다. 손수 만든 걸로 보이는 도시락이었다. 내가 선뜻 받지 못하고 멀뚱히 쳐다보자 그녀는 도시락을 내 옆에 내려놓고 그 위에 명함까지 올려둔 다음 유유히 자리를 떠났다.

진여진
프리다이빙 마스터 강사
마리아나펜션·마리아나호
010-3×××-5×××

무심코 돌려본 명함 뒷면에는 이런 글귀가 적혀 있었다.

매달 첫 번째 토요일,
자살 희망자·자살 사별자들의 다이빙 모임이 있습니다.
숨이 쉬어지지 않을 땐 함께 숨을 참는 것도 방법입니다.
24시간, 언제든지 문의하세요!

진 사장님이 자리를 뜬 뒤에도 나는 그곳에 멍하니 앉아 있었다. 조금 멀지만 내 시선이 닿는 곳에 멈춰 선 그녀가 손을 흔들자 물속에 있던 프리다이버들이 물가로 헤엄쳐 나왔다. 그들이 둥글게 앉아 도시락을 나눠 먹기 시작할 즈음 트럭으로 돌아왔다. 진 사장님이 건넨 도시락은 아직 온기가 남아 있었다. 그날 이후 매일 명함을 만지작거렸고, 어떤 날은 휴대전화를 들었다 내려놨고, 어떤 날은 번호를 눌렀다 지웠다. 그런 식으로 두 달을 넘게 보내다 마침내 7월 마지막 주 월요일에 진 사장님에게 문자메시지를 보냈고…… 그렇게 해서 오늘 보트 다이빙까지 따라가게 된 것이다.

"형우 님, 오늘 힘들었죠? 내일 오전엔 비치 다이빙 갈 거예요. 여기 방파제 너머 수심이 깊어서 다이빙하기 좋거든. 물도 맑고. 아! 배는 안 타지만 파도 때문에 멀미 날 수 있으니까 내일은 꼭 미리 약 먹어둬요."

앞서가던 진 사장님이 돌아보지도 않고 말했다. 단정한 보폭으로 걷는 그녀를 따라 윗굴마을로 올라갔다. 나뭇잎 사이로 쏟아지는 햇빛이 그늘진 바닥에 빛의 구멍을 만들었다. 바람에 나뭇잎이 흔들릴 때마다 아른아른 무늬를 바꿨는데, 그게 꼭 봄날 떨어진 꽃잎처럼 아련했다. 그늘진 곳을 따라 걷던 진 사장님이 불쑥 걸음을 멈췄다. 그녀의 고개가 향한 곳으로 시선을 옮기니 볕이 그대로 떨어지는 시멘트 바닥에 지렁이 한 마리가 기어가고 있었다. 지렁이는 물기 없이 바싹 마른 몸뚱이로 힘겹게 꿈틀거렸다.

"쯧, 이러다 말라 죽거나 밟히지."

진 사장님은 혼잣말처럼 중얼거리며 바닥에 쪼그려 앉았다. 지렁이를 톡톡 건드려 손바닥으로 몰고는 능숙하게 잡아 그늘진 풀숲에 풀어주었다. 낯설지 않은 풍경. 순간 심장 밑바닥에 찌르르 전기가 올랐다.

은우가 그런 아이였다.

또래 남자아이들이 땡볕 아래에서 방향을 잃고 헤매는 지렁이나 달팽이를 함부로 짓밟고, 비비탄총으로 거미를 맞추며 키득거릴 때 은우는 미물 하나 밟지 않으려고 바닥을 살피며 걷던 아이였다.

은우가 죽인 것은 오직 자기 자신뿐이었다.

11

10년 전 여름, 엄마와 은우는 여행을 떠났다.

그 무렵 나는 회사 근처 원룸에서 살고 있었다. 신정동 집에서 역삼동에 있는 직장까지 충분히 출퇴근할 수 있었으나 나는 만원 지하철이나 잦은 야근을 핑계 삼아 독립했다. 집에는 한 달에 한 번 정도 들렀는데, 은우를 보고 오는 날은 드물었다. 십대가 되고 부쩍 말수가 줄어든 은우는 고등학교를 졸업한 뒤부터 외출하는 일이 거의 없었다. 굳게 닫힌 방문 안쪽에 은우가 있다는 걸 알면서도 나 역시 그 문을 열어보는 일이 별로 없었다. 일찍 미용실 문을 닫고 온 엄마랑 둘이 식탁에 마주 앉아 밥을 먹고, 엄마가 싸 준 밑반찬을 챙겨 원룸으로 돌아오는 날이 많았다. 가끔은 은우랑 셋이 집 근처 식당에서 외식하는 날도 있었다. 볼 때마다 은우는 말라 있었다.

"우리 여행 갈 거야."

종일 내리던 비가 그치고 제법 시원한 바람이 불어오던 밤, 밀폐 용기에 마른반찬을 담으면서 엄마가 말했다. 언제부턴가 엄마가 말하는 '우리'는 엄마, 은우, 나 이렇게 셋이 아닌 엄마와 은우, 둘인 경우가 많았다. 은우가 여행을 간다니 조금 놀랐지만 굳이 내색하지는 않았다.

"어디로?"

"울릉도."

"울릉도? 배 타고?"

"응, 배 타고. 포항에서 큰 배 타고."

생각보다 멀리, 그것도 바다 건너 섬으로 간다는 말에 나는 엄마를 빤히 쳐다봤다. 갑자기 웬 여행인지, 무슨 말로 은우를 설득했는지, 왜 내게는 같이 가자고 하지 않는지 물어보고 싶은 말들이 뒤죽박죽 떠올랐다.

"너는, 바쁘니까."

내 손에 들려 보낼 반찬을 용기에 담느라 나를 쳐다보지도 않고 엄마가 말했다. 견과류 넣은 멸치볶음, 꽈리고추 넣은 건새우볶음, 고추장으로 양념한 진미채볶음에 마늘종

장아찌, 명이나물장아찌까지 양이 꽤 많았다.

"뭘 이렇게 많이 싸?"

"많긴 뭐가 많아."

반찬 통을 가방에 차곡차곡 담던 엄마가 문득 동작을 멈추고 나를 바라봤다.

"근데 너 웃긴다."

"뭐가?"

"아니, 울릉도에 배 타고 가지. 그럼 뭘 타고 가?"

그러곤 뭐가 그리 우스운지 엄마는 한참을 깔깔거렸다.

내가 먹을 반찬을 잔뜩 챙겨 주고, 며칠 뒤 울릉도로 가는 배에서 엄마는 은우와 바다에 뛰어들었다. 죽어서도 함께이고 싶었던 걸까. 목격자에 따르면 둘은 손을 꼭 잡고 손목을 테이프로 단단히 고정한 상태였다고 했다. 둘은 한 몸인 것처럼 꼭 끌어안은 채 물속으로 가라앉았고, 승무원이 달려왔을 때는 흔적도 없이 사라진 뒤였다.

배에 남겨둔 엄마 가방에서 짧은 유서가 나왔다.

형우.
미안하다.

은우 마음이 바뀌질 않네. 은우 혼자 보낼 순 없구나.

엄마가 이런 말 할 자격 없지만……

너는 꼭 잘 살아줘.

경찰이 건넨 유서를 멍하니 바라봤다. 종이에 적힌 글자들이 다른 말로 변해 머릿속에서 울렸다.

"너는 도형우. 은우는 이은우, 엄마 아들."

끝내 시신을 찾지 못한 채로 장례를 치렀다.

시신을 확인하지 못했기 때문에 엄마와 은우가 나를 속이고 어딘가에 숨어 있을 거라는 의심을 떨칠 수 없었다. 동시에 내 눈으로 직접 목격한 것처럼 엄마와 은우의 마지막 순간이 머릿속에서 생생하게 재생됐다. 나는 내게 벌어진 일을 온전히 이해하지도, 받아들이지도 못한 채 내가 처리해야 하는 일들을 순서대로 해나갔다.

이모들을 제외하고, 회사를 비롯해 주변에는 사인을 교통사고로 둘러댔다.

"아이고, 어떻게 한날한시에……"

휴가가 끝나고 출근했을 때, 미처 장례식장에 오지 못한 사람들이 내 손을 잡고 말을 잇지 못했다. 나는 아무 말 하지 않고도 거짓말하는 기분이 들어 마음이 불편해졌고 얼마 뒤 퇴사했다. 원룸에 처박혀 잠만 잤다. 눈이 떠질 때 일어났고 배가 고플 때 편의점에 다녀왔다. 엄마가 싸 준 반찬이 많이 남아 있었지만 냉장고 문을 열지는 않았다. 그런 생활을 이어가던, 아니, 도저히 생활이라 할 수 없는 생활을 이어가던 어느 날이었다. 편의점에서 산 도시락을 들고 원룸 건물에 들어가려는데 누군가의 말소리가 선명하게 귓가를 파고들었다.

"그럼 배 타고 가지. 뭘 타고 가냐? 트럭 타고 가겠냐?"

건물 앞에 서 있던 트럭에 올라타며 택배기사가 큭큭 웃었다. 친구랑 통화하는지 욕을 반쯤 섞어 핀잔을 주면서도 기분 좋게 들뜬 목소리였다.

"울릉도에 배 타고 가지. 그럼 뭘 타고 가?"

깔깔 웃던 엄마 생각에 피식 웃음이 나왔다. 그땐 뭐가 그리 웃긴가 싶었는데 다시 생각해보니 좀 웃겼다. 그러게, 울릉도에 배 타고 가지 뭘 타고 가. 큭큭. 트럭 타고 가겠냐. 크크. 트럭 타고, 큭큭, 가겠냐, 크크크. 택배기사의 거친 듯 유쾌한 말투를 따라 하다가 웃음이 터졌다. 웃다가, 웃다가, 울음이 쏟아졌다.

웃다가 울어버린 그날, 오랜만에 컴퓨터를 켰다. 처음엔 택배기사를 검색하다 트럭커 검색에 이르렀다. 달리고 싶었다. 이왕이면 장거리를 달리고 싶었다. 쭉 뻗은 고속도로를 달리면 조금은 숨이 쉬어질 것 같았다. 퇴직금에, 내가 살던 원룸과 엄마 미용실을 정리한 돈을 보태고 나머지는 할부로 트럭을 장만했다. 인생은 물속처럼 상하좌우 구분이 안 돼 헤맬 때가 있지만, 도로는 정확해서 길을 따라가면 목적지가 나왔다. 목적지에 도착하면 다음 목적지를 향해 달리는 것. 이것이 내가 지난 10년간 삶을 버텨온 방식이었다.

12

 가느다랗게 피어오른 연기가 의미를 알 수 없는 그림을 그리며 흩어졌다. 코를 찌르는 모기향 특유의 냄새는 여름밤과 잘 어울렸다. 펜션 야외 테이블에 앉아 모기향이 빙글빙글 타들어가는 걸 멍하니 바라보다 고개를 드니 밤하늘에 구름이 느긋하게 흘러가고 있었다.

 아…… 좋다.

 자연스레 떠오른 생각이 낯설어서 괜히 목덜미를 긁었다. 보이지 않는 곳에서 풀벌레가 울었다. 마당을 빙 두르며 무릎 높이만큼 풀이 자랐고, 풀들 사이로 이름 모를 노란색, 하얀색 들꽃이 보기 좋게 뒤섞여 있었다.

 마리아나펜션은 절벽 중간에 자리 잡은 데다 전망을 위해 한쪽 담벼락을 허물었기 때문에 마당에 놓인 테이블에 앉아 있으면 바다가 한눈에 들어왔다. 허물지 않은 담장은 파란색 페인트로 칠해 바다와 이어지는 것처럼 보였다. 펜션은 밖에선 아담해 보여도 안에 들어오면 공간이 꽤 넓었다. 손님방 두 칸에 진 사장님이 쓰는 방, 마루와 부엌, 욕실과 야외 샤워실, 물에 젖은 다이빙 용품을 말릴 수 있는 건조실까지 두루 갖추고 있었다. 빨간 지붕에는 하얀색 줄무늬를 칠해 생동감이 넘쳤고, 새하얀 벽엔 조타기를 달고 그 아래 물감으로 닻을 그려둬 아기자기한 분위기가 느껴졌다. 아까 펜션에 들어올 때 입구에서 본 노란색 부이와 프리다이빙용 마스크, 스노클도 인상적이었다. 담벼락에 간판 대신 붙여뒀다는데 주로 프리다이버들이 찾는 펜션이라 그렇게 장식한 모양이었다. 그 아래 놓여 있는 물이 담긴 그릇은 어디에 쓰이는 건지 정확히 알 수 없었지만 프리다이빙과 관련이 있을 거라고 생각했다.

"재이 님, 구표 님, 이것 좀 옮겨줘요!"

진 사장님이 대청마루에 음식을 내놓으며 외쳤다.

"시은 님은 냉장고에서 맥주!"

진 사장님의 주문에 사람들이 착착 움직였다. 마당에 있는 6인용 테이블이 금세 음식으로 가득해졌다. 전복솥밥에 생선구이, 뿔소라를 곁들인 해조류 샐러드가 푸짐하게 올라 내가 바닷가 마을에 있다는 걸 다시 한번 실감했다. 거기에 시원한 맥주까지. 마지막으로 진 사장님이 고추장 넣고 칼칼하게 끓인 가자미찌개를 테이블에 올리고 자리에 앉았다. 매큼하면서도 시원한 냄새에 침샘이 자극됐다. 이런 음식은 오랜만이었다. 갓 다듬고, 굽고, 끓여서 정성껏 준비한 진짜 음식. 사라진 줄 알았던 미각이 깨어나며 모처럼 맛봉오리에 생기가 돌았다.

"영덕! 하면 대게지만, 지금은 금어기라."

찌개를 대접에 덜어주며 진 사장님이 말했다.

"아, 지금 가게에서 파는 건 러시아산."

선글라스를 벗은 얼굴 역시 교관 같은 단단한 이미지에, 눈빛이 생생하게 살아 있어 찌개가 담긴 그릇을 받을 때 나도 모르게 이마가 테이블에 닿을 만큼 고개를 숙였다.

"영덕! 하면 물가자미도 있죠. 쫄깃 담백 맛있어요."

자기 뺨을 때리던 여자, 시은 님이 내 앞으로 생선구이가 담긴 접시를 밀어주면서 엄지를 척 올렸다.

"그 전에 맥주부터!"

맥주를 조르르 따르는 소리. 귀가 즐거웠다. 다섯 개의 잔이 모두 채워지자 다들 폭신한 거품이 넘칠 듯 말 듯한 잔을 높이 들어 올렸다. 나는 한 박자 늦게 그들을 따라 움직였다. 표면에 물방울이 맺힌 잔을 높이 들자 마당을 가로질러 걸어둔 노란 알전구 불빛이 잔과 포개져 꼭 맥주에 둥근달이 퐁당 빠진 것처럼 보였다.

"건배!"

"반갑습니다!"

"환영합니다!"

프리다이버들의 환대에 나는 어정쩡하게 자리에서 일어났다.

"감사합니다. 도형우입니다."

다음에 뭐라 말을 이어야 할지 몰라 주춤주춤 자리에 앉았다. 어색한 마음을 감추려고 맥주를 쭉 들이켜자 차가운 알코올과 경쾌한 탄산이 워터슬라이드에서 미끄러지듯 온몸으로 퍼져나갔다. 살갗에 눅진하게 들러붙은 열기가 한순간에 증발된 기분이었다. 아…… 좋다.

"아까부터 느낀 거지만, 형우 님 우리 멤버 맞네요. 진 사장님, 역시 사람 잘 보셔!"

시은 님이 쿡쿡 웃으며 말했다. 무슨 의미인지 파악하려고 눈알을 굴리는 나를 보며 진 사장님이 가볍게 미소 지었다. 그러곤 옆에 앉은 남자 어깨에 손을 올렸다. 삼십대 초반쯤 됐을까. 신이 특별히 공들여 빚었을 것 같은 균형 잡힌 얼굴에, 꾸준한 운동으로 단련했을 게 분명한 몸을 가진 사람이었다. 그가 자리에서 일어나 정중히 인사를 건넸다.

"한재이입니다."

이름을 말하고 몇 초간 고장 난 사람처럼 서 있던 그가 서둘러 자리에 앉으며 맥주를 들이켰다. 그 모습에 시은 님이 또 쿡쿡 웃음을 터뜨렸다. 그 웃음의 의미를 안다는 듯 진 사장님이 고개를 끄덕거렸다.

"재이 님은 내 수제자예요. 주로 수도권 지역에서 프리다이빙 가르치는 강사."

진 사장님이 장난스럽게 머리칼을 헝클어놓자 귀가 빨개진 재이 님이 아이처럼 웃었다. 그 모습이 꼭 씩씩한 엄마와 수줍음 많은 아들 같았다.

"형우 님 옆에 앉아 계신 분은 구표 님."

진 사장님의 소개에 내 옆에 앉아 있던 남자가 손을 내밀었다. 나도 손을 맞잡고 악수했다.

"심구표입니다."

나랑 나이가 비슷해 보이는 구표 님은 예전에 역삼동에서 회사 다닐 때 매일 마주치던 전형적인 직장인의 느낌이었다. 명문 대학, 대기업, 안정적인 결혼 생활……. 한국 사회에서 흔히 말하는 모범적인 코스를 쭉 밟으며 풍랑 없이 살아왔을 것처럼 보였다. 적당히 나온 배 또한 전형적인 중년 남성의 모습이었는데, 바다에서 프리다이빙할 때는 놀랍도록 유연하고 날렵해 펭귄을 떠올리게 하는 사람이었다.

"형우 님, 보셨죠? 여기 남자분들은 다 형우 님처럼 말이 별로 없거든요. 만날 저랑 진 사장님 둘만 떠들어요."

시은 님이 빈 잔에 맥주를 채워주며 깔깔거렸다.

"저는 옥시은이에요. 특히 제가 말이 좀 많은데 미리 양해 부탁드릴게요."

멤버 중 나이가 가장 어릴 게 분명한 시은 님은 생기 넘쳐 보였다. 겉으로 보기에 시은 님도 구표 님처럼 그늘이 느껴지지 않았는데, 이곳에 있다는 건 물 밖에서 숨 쉬는 것보다 물속에서 숨 참는 게 더 쉬울 때도 있다는 걸 아는 사람이라는 뜻이었다.

"시은 님은 서울에서 재이 님한테 강습받다가 여기까지 오게 됐어요. 구표 님은 여행 중에 우연히 나랑 만났고."

진 사장님의 시선이 시은 님에서 구표 님에게로 건너갔을 때 두 사람은 무언의 대화를 나누는 것처럼 보였다. 구체적으로 알 수는 없었지만, 진 사장님이 내게 명함을 건넸을 때와 비슷한 둘만의 짧고도 깊은 순간이 존재했을 것이다.

어떻게 설명하면 좋을까.

세상엔 자기가 경험한 세계가 전부인 줄 아는 사람이 있다. 반면 자기가 경험한 세계 밖에도 다양한 삶이 존재한다는 걸 이해하는 사람이 있다. 고난과 불행에 연이어 발목을 붙잡히는 기막힌 삶은 소설이나 영화뿐 아니라 현실에도 엄연히 존재한다. 자기가 경험한 세계가 전부인 줄 아는 사람들은 자기 잣대로 쉽게 확신하고 말하며 타인에게 상처를 주지만, 세상에 다양한 삶이 존재한다는 걸 이해하는 사람이나 삶의 극단까지 가본 사람들은 말을 아낀다. 마음 하나도 신중히 쓴다. 가까이 있어도 안전한 사람들. 나는 이들이 안전한 사람들이라고 느꼈다.

"형우 님이 지켜보는 거, 저희 처음부터 알았어요."

시은 님이 놀리듯 말했다.

"그리고……."

얼굴에서 장난스러운 표정을 거두고 그녀는 잠시 숨을 골랐다.

"고마웠어요. 계속 우리 보러 와줘서, 살아 있어줘서."

시은 님이 조금은 촉촉해진 눈으로, 눈가가 뜨거워졌다는 걸 감추려고 부러 활짝 웃으면서 자기 잔을 내 잔에 가볍게 부딪혔다.

"저는 자살 사별자예요."

시은 님이 잔을 감싸 쥔 손에 힘을 줬다.

"2년 전에 친구가 떠났거든요."

울컥하는 마음을 삼키려는 듯 그녀는 맥주를 한 모금 마시고 말을 이었다.

"마지막으로 얘기 나눈 사람이 나였어요. 친구를 발견하고 신고한 사람도 나였고. 매일 연락하면서도 왜 난 조금도 눈치채지 못했을까. 왜 막지 못했을까. 친구가 스스로 목숨을 끊은 이유를 찾다 보면 수십 가지 생각이 쏟아졌는데, 생각하고 또 생각해도 답을 알 수 없어서 더 힘들었어요. 친구의 마지막 모습이 떠올라서 무섭기도 했고…… 보고 싶었고…… 거짓말 같았고…… 울다가…… 숨이 쉬어지지 않아서 주먹으로 가슴을 치다가…… 끝내 칼로 허벅지를 그었어요. 아니, 죽으려는 건 아니었고, 그냥 살갗이 벌어지고 거기 피가 밸 정도로만. 그렇게 하면 조금은 숨이 쉬어졌거든요. 그러다 어떤 날은 정신이 번쩍 들면서 약을 바르고, 상처에 딱지가 앉을 즈음 그걸 못 참고 손톱으로 긁어서 다시 상처를 내는 거예요. 피가 퐁퐁 솟다가 멈추고, 진물이 흐르고, 딱지가 생기면 그걸 또 긁어서 떼어내고, 피가 나고……."

옆에 있던 진 사장님이 시은 님 어깨를 말없이 토닥였다. 시은 님이 숨을 크게 들이마셨다가 길게 내쉬었다.

"그러다 문득 이상하더라고요. 내 행동과 상관없이 몸은 치유를 위한 일을 하는구나. 일개미가 본능적으로 집을 짓는 것처럼 내 몸은 나를 낫게 하려고 묵묵히 제 일을 하는구나. 그게 꼭 언젠가 다큐멘터리에서 본 프리다이빙 같더라고요. 포유류 잠수 반사. 잠수할 때 몸은 우리가 물속에서 더 오래 버틸 수 있게 스스로 대비하잖아요. 그래서 배우기 시작했어요. 그리고 확실히 알았죠. 마음과는 별개로 몸은 우리가 살게끔 설계돼 있다는 걸."

시은 님이 두 팔을 위로 쭉 뻗더니 물살을 가르듯 팔을 움직였다. 밤하늘을 향해 있던 얼굴이 다시 제자리로 돌아왔을 때, 시은 님은 한결 가벼워진 표정이었다.

"핫, 제가 말이 많죠?"

시은 님이 입을 막으며 쑥스럽게 웃자 진 사장님이 말했다.

"우린 언제까지고 들어줄 수 있어."

재이 님과 구표 님도 고개를 끄덕였다.

"이별에 슬픔만 있다면 얼마나 좋을까. 의문이나 고통, 분노 같은 건 조금도 없이."

진 사장님이 긴 한숨 사이로 말을 흘리자 시은 님이 덧붙였다.

"끝없이 이어지는 '만약에'도 없이. 만약에 이랬더라면, 만약에 저랬더라면, 만약에, 만약에, 만약에……."

진 사장님보다 더 긴 한숨을 내쉬던 시은 님 얼굴에 불현듯 미소가 떠올랐다.

"왔구나!"

시은 님의 시선을 따라가니 펜션 출입구에 개 한 마리가 서 있었다. 하얀 털에 귀 끝에만 콩고물을 묻힌 것처럼 고소한 빛깔을 띠는 진돗개. 개는 담벼락 아래 놓인 그릇에 주둥이를 대고 물을 마셨다. 마침내 물그릇의 용도를 알게 된 동시에 깨달았다. 영덕에 왔을 때 바닷가에서 몇 번인가 마주친 적이 있는 개였다. 진 사장님이 기르는 개였구나, 하고 생각했는데 그렇다고 하기에 개는 선뜻 안으로 들어오지 않고 허락을 구하듯 출입구에 서 있었다. 진 사장님이 손짓하자 그제야 펜션 안으로 들어와 테이블 옆에 얌전히 앉았다.

"이 녀석 이름은 아무도 몰라요. 진돌이라고 부르는 사람도 있고, 흰둥이라고 부르는 사람도 있고, 영덕이라고 부르는 사람도 있고, 영덕의 명물 대개라고 부르는 사람도 있고. 대게 말고, 대개요. 아, 이."

진 사장님이 녀석을 바라보자 녀석도 진 사장님을 바라봤다. 진 사장님이 손을 뻗어 목덜미를 어루만져주니 녀석은 눈꺼풀을 천천히 닫았다 열며 보드라운 표정을 지었다.

"어촌계장님은 이 녀석을 영웅이라고 부르죠."

시은 님이 말했다.

"어촌계장님 아들이 바다에 뛰어들었을 때 요 녀석이 짖어대서 진 사장님이 구할 수 있었거든요. 계장님한테 요 녀석은 영웅이고, 진 사장님은 은인이고. 그 전엔 마을 사람들이 진 사장님한테 텃세 좀 부렸는데, 그날 이후로 여기 윗굴마을에 이런 말이 생겼대요. 어촌계장 위에 진 사장! 형우 님도 계장님 만날 때마다 이 얘기 귀에 싹이 나도록 듣게 될 거예요."

시은 님이 쿡쿡 웃었다. 아, 그래서 트럭 주차할 공간도 선뜻 내준 거였구나. 그럴 만하지. 그러고도 남지. 가만가만 고개를 끄덕이며 개를 바라봤다. 재이 님이 사료를 담은 그릇을 놓아주자 개는 조급한 기색 없이 점잖게 밥을 먹었다. 개는 밥을 먹다 말고 이따금 진 사장님을 올려다봤다. 그럴 때면 진 사장님은 천천히 눈을 깜빡였다. 괜찮아, 괜찮아, 하고 말해주듯이.

"이 녀석도 여기서 가족을 잃었거든요. 그 사람 어떤 마음이었는지 애를 데리고 여기 와서 혼자 바다에 들어간 거예요. 애도 말만 못 하지, 다 알아. 가족의 그 행동이 고통이고 슬픔이라는 거. 그래서 이 녀석, 혼자 바다에 앉아 있는 사람 보면 조금 떨어져서 지켜보기도 하고 그래요. 불안한 눈빛으로."

그릇을 비운 개가 진 사장님 옆에 조금 더 가까이 가 앉았다. 진 사장님이 개의 등을 쓰다듬었다.

"내가 거두려고 하는데 아직은 손님처럼 굴어요. 여기서 자는 날도 있고 밥 먹으러 오는 날도 있지만, 여전히 기다리는 것 같아요. 바다에 들어간 가족을. 고통이나 슬픔은 사람이랑 똑같이 느껴도 다시 돌아올 수 없다는 건 이해하지 못하니까."

진 사장님을 물끄러미 바라보던 까만 눈에 눈물이 그렁그렁해졌다. 개는 시무룩한 얼굴로 앞발을 쭉 뻗더니 그 위에 고개를 얹고 엎드렸다.

"이렇게 이름 많은 개가 또 있을까……. 마음이 온통 암막 커튼 친 것처럼 캄캄할 때면 난 이 녀석을 이렇게 불러요. 혜리야. 그리고 하고 싶은 말들을 주절거려요. 그러면 이 녀석은 다 알아듣는 것처럼 날 쳐다본다니까."

진 사장님의 눈동자가 아득히 먼 곳을 향했다.

"혜리는 먼저 세상을 등진, 내 딸."

진 사장님이 바닥에 쪼그려 앉아 개를 어루만지자 개는 나릿나릿 눈을 깜빡이다 잠이 들었다.

"누구나 저마다의 압력을 견디며 살아가는 거지. 누군가는 기다리고, 누군가는 술을 마시고, 누군가는 욕조에서 이불 빨래를 하고, 누군가는 심장이 터지도록 달리면서."

잠든 개의 흉곽이 규칙적으로 오르내리는 걸 가만히 지켜보다가 진 사장님이 말을 이었다.

"우리는, 숨을 참는 거고."

동강이만 남은 모기향이 마지막 불꽃을 뿜었다 이내 사그라들었다. 바람을 타고 파도 소리가 밀려왔다. 그 뒤로 풀들이 사악 사아악, 하며 저희끼리 몸을 비비는 소리가 이어졌다.

누군가는 맥주를 홀짝거렸고, 누군가는 고개를 젖힌 채 별을 헤아렸고, 누군가는 잠든 개를 토닥이면서 조금씩 떨어진 채로 함께 마당에 머물렀다. 밤이 깊었지만 모두가 오래도록 자리를 뜨지 않았다.

13

메모

202X년 8월 X일 오후 11:43 저장됨

프리다이빙 호흡

준비 호흡 → 최종 호흡 → 무호흡 → 회복 호흡

①준비 호흡: 몸을 이완시키는 과정.

②최종 호흡: 잠수 전 몸에 산소를 가득 채우는 일.

③무호흡: 수중에서 숨 참기.

④회복 호흡: 수면에 올라와 빠르게 산소를 공급하는 호흡.

잠수 전 초과 호흡을 하지 않도록 주의! 초과 호흡은 산소를 추가로 저장하는 게 아닌 이산화탄소의 농도를 낮추는 일이다. 그 결과 잠수 시 콘트랙션이 늦어지고, 숨 쉴 타이밍을 놓쳐 산소 부족으로 의식을 잃을 수 있음.

콘트랙션(Contraction)

무호흡 시 호흡에 사용되는 근육이 저절로 수축하는 일. 이산화탄소를 배출하려는 본능에서 비롯된다. 콘트랙션이 시작되면 수면으로 상승할 준비.
콘트랙션=다이빙 타이머!

이퀄라이징(Equalizing)

물속으로 하강하는 동안 증가하는 주변 압력을 상쇄하는 기술. 산소를 아끼기 위해 후두개를 닫고, 안면부 공기를 이용해 고막 평형을 유지하는 프렌젤(Frenzel) 기술을 주로 사용한다. 30미터 이상 수심에서는 폐 수축으로 공기를 리필하기 어렵기 때문에 상급 다이버들은 입에 미리 공기를 저장해두는 마우스필(Mouthfill) 기술을 사용한다.

포유류 잠수 반사

수심 10미터에서 우리 폐는 2분의 1로, 20미터에서 3분의 1로, 30미터에서 4분의 1로 줄어듦. 그럼에도 인간이 100미터 이상 잠수할 수 있는 이유는 바로 포유류 잠수 반사 덕분! 물속에 들어가면 우리 몸은 ①산소를 아끼기 위해 심박수가 느려지고 ②비장이 저장해뒀던 적혈구를 방출해 산소를 공급하고 ③말초 혈액을 뇌, 심장, 폐 등 주요 장기로 보내며 ④폐에 모인 혈액이 쿠션 역할을 해 폐가 완전히 압축되지 않게 하는 등 물속에서 좀 더 오래 버틸 수 있게 스스로 대비한다.

14

 블라인드를 걷었다. 노을이 번지는 하늘 한가운데 진분홍빛 구름이 이쪽 끝에서 저쪽 끝까지 다리처럼 길게 이어져 있었다. 베란다 창문을 열었다. 몇 주 동안 집 안에 고여 있던 공기가 밖으로 빠져나가고 바깥의 후텁지근한 공기가 밀려 들어왔다.

 집이란 참으로 독특한 성질을 지니고 있었다. 비워두면 그 상태 그대로 보존될 것 같지만 오히려 사람 손을 타야 망가지지 않고 모든 것이 유지됐다. 집은 꼭 살아 있는 생명체 같았다. 이따금 들러 창문을 열 때면 집이 참았던 숨을 터뜨리는 게 느껴졌다.

 엄마 방과 은우 방에 차례로 들어가 창문을 열고 방문도 활짝 열어두었다. 청소기를 돌리고 가구와 전자 제품에 쌓인 먼지를 닦았다. 아직도 집에선 가끔 엄마 머리카락이 나온다. 내 것과 은우 것은 구분이 쉽지 않지만, 길고 구불거리는 머리카락은 엄마 것임을 분명히 알 수 있다. 엄마의 흔적은 엄마의 부재를 선명하게 만든다. 나는 아직도 엄마 머리카락을 발견할 때마다 몸에서 피가 빠져나가는 기분이다. 그 순간 몸의 모든 기능이 멈추고, 오직 기억의 영역만 활성화돼 오래전 엄마가 했던 말들이 머릿속에서 마구잡이로 재생된다.

"형우, 숙제 다 했어?"

"아들들, 오늘은 엄마가 한잔했다."

"아이스크림 사 올 사람 뽑기! 안 내면 술래 가위바위보!"

"사는 게 지긋지긋하다. 이게 다 밑 저 자 때문이지."

"아들, 집에 언제 들를 거야? 갓김치 담갔어."

엄마 목소리 사이로 은우의 음성이 끼어드는 순간도 있었고, 떠오른 기억에 웃음이 나오는 순간도 있었다. 하지만 그 끝은 언제나 쉽지 않았다. 일부러 떠올리지 않아도 플래시백처럼 밀려드는 마지막 장면들. 그럴 때면 나는 눈을 질끈 감고 고개를 세차게 흔들었다. 그렇게 하면 있었던 일들을 다 없었던 일로 만들 수 있는 것처럼.

"미화하거나 왜곡하지 말고, 있는 그대로."

진정제를 삼키듯 진 사장님이 했던 말을 떠올렸다. 어젯밤 진 사장님이 시은 님에게 해준 말이었다.

"우리, 이유를 찾으려고 하지 말자. 결말을 알 수 없는 게 살아 있는 이들의 삶이라면, 결말은 알고 있되 그 이유를 알 수 없는 게 스스로 떠난 이들의 삶이니까. 결코 다 알 수 없지……. 죽음의 원인에서 내 탓을 찾지도 말고. 죽음으로 그의 삶을 미화하거나 왜곡하지도 말고. 있는 그대로 기억하면서, 그렇게, 그렇게."

진정제이자 진통제이자 자장가 같은 말을 들었기 때문일까. 마리아나펜션에서의 첫날 밤, 잠자리가 낯설었음에도 모처럼 푹 잘 수 있었다. 그리고 오늘 아침엔 첫 입수를 했다. 해 뜰 무렵에 일어나 다 같이 스트레칭으로 몸을 푼 다음 장비를 챙겨 비치 다이빙을 하러 갔다. 처음엔 걸어서 바다로 들어가다가 헤엄칠 수 있을 만큼 물이 깊어졌을 때 롱핀을 신고, 마스크를 쓰고, 스노클을 입에 문 다음 피닝해서 방파제 부근에 도착했다. 보트에서 겪는 바다와 직접 살을 맞댄 바다는 전혀 달랐다. 배 위에서 경험하는 것이 물의 살갗과 숨결을 느끼는 일이라면, 안에 들어가서 경험하는 것은 물의 힘줄과 혈관, 팔딱거리는 심장을 움켜쥐는 일이었다. 두려움과 경이로움 사이에서 나는 본능적으로 몸을 움직였다. 그럭저럭 헤엄쳐서 목적지에 도착했는데, 막상 발이 닿지 않는 바다에 가만히 떠 있으려니 공황에 빠지고 말았다.

"허공이라 생각하지 말고 물이 받쳐준다고 생각해보세요. 물이 부드럽게 나를 안아준다고. 몸에서 힘을 빼면 절대 가라앉지 않아요."

재이 님이 부이를 설치하는 동안 구표 님이 내가 의지할 수 있는 '인간 부이'가 되어줬는데, 구표 님 말처럼 힘을 빼면 어렵지 않게 물에 뜰 수 있다는 걸 깨달았다. 그럼에도 두려움 때문에 자꾸 손끝, 발끝까지 힘이 들어갔고 물과 친해질 시간이 필요해서 한동안 부이에 매달려 프리다이버들이 트레이닝하는 걸 지켜봤다. 누군가 입수하면 나는 바다에 얼굴을 담그고 눈으로 그를 따라갔다. 프리다이빙은 스쿠버다이빙과 확연히 달랐다. 광고나 영화, 다큐멘터리에서 종종 접한 스쿠버다이버는 물속을 유영하는 '사람'으로 보였는데, 프리다이버는 사람이 아닌 '물고기'로 보였다. 느리고 고요한 그들의 움직임은…… 아름다웠다. 인간은 지극히 아름다운 것을 볼 때 눈물이 나기도 하는데, 프리다이버들의 움직임이 그랬다. 원래 바다에 사는 생명체 같았다. 그 모습에 두려움이 조금 잦아들어 물에 가만히 엎드려 숨을 참는 스태틱 훈련부터 시작했다.

"산소를 아끼기 위해서 아무 생각도 하지 않는 게 가장 좋지만, 아무 생각도 하지 않는 건 불가능하니까 마음을 편안한 상태로 만드는 자기만의 방법을 찾는 게 도움이 될 거예요."

이렇게 말하고 재이 님은 자기만의 비법을 공개했다. 기차를 타면 차창 밖 풍경이 뒤로 밀려나는 것과 비슷한 느낌으로 떠오르는 생각들을 뒤로 흘려보낸다고 했다. 내가 알 듯 말 듯한 표정을 짓자 이번에는 구표 님이 말했다.

"저는 좀 단순해요. 숨이 찰 때 천천히 눈썹을 올리면 좀 편해지더라구요."

시은 님도 한마디 보탰다.

"저는 수면에 아른거리는 빛을 바라보는 상상을 해요. 속으로 노래 부르는 것도 도움이 된대요. 박자가 좀 느린 걸로."

재이 님이 알려준 대로 스노클을 입에 물고 얼굴을 물에 담근 채 준비 호흡과 최종 호흡을 마친 다음 스노클을 빼고 숨을 참았다. 재이 님이 30초 단위로 시간을 알려주기로 했는데, 30초가 되기도 전에 숨이 찼다. 마음을 편안한 상태로 만드는 생각 대신 내 머릿속엔 시끄러운 말들이 오갔다. 아직 멀었나? 몇 초쯤 됐지? 숨이 차오르자 마음이 더 다급해져서 진 사장님과 재이 님에게 배운 이론을 애써 떠올렸다. 아직 산소가 부족한 게 아니야, 이산화탄소를 내뱉고 싶은 충동일 뿐.

"30초!"

재이 님이 외쳤다. 이렇게나 숨이 찬데 겨우 30초 지났을 뿐이라니. 30초가 지나자 초와 초 사이에 놓여 있는 허들이 점점 더 높게만 느껴졌고…… 산소를 아끼기 위해 몸과 마음의 평정을 유지해야 한다는 걸 까맣게 잊은 채 어깨와 다리에 힘이 들어가고 생각이 요동치기 시작했다. 허둥지둥 물 밖으로 고개를 쳐들자 진 사장님이 내 어깨에 가만히 손을 얹고 차분하지만 단호하게 외쳤다.

"회복 호흡!"

그녀를 따라 입을 크게 벌리며 산소를 빠르게 들이마시고, 잠시 숨을 머금고 있다 뱉고, 다시 산소를 빠르게 들이마시는 회복 호흡을 했다. 첫 스태틱 기록은 53초. 긴장이 조금 풀린 덕인지 두 번째 기록은 1분 15초를 겨우 넘었다.

스태틱 훈련 뒤 부이에 달린 줄을 잡고 하강하는 법을 배웠다. 머리부터 몸통, 다리 순으로 입수해 아래로 내려갔다. 시선을 줄에 고정한 채 줄과 평행을 이루며 하강해야 하는데, 두려운 마음에 자꾸 깊은 물속을 쳐다보느라 자세가 금세 흐트러졌다. 3미터쯤 내려가자 수압 때문에 고막이 안으로 말리는 느낌이 들어 이퀄라이징으로 고막을 천천히 밀어내며 조금 더 아래로 내려갔지만, 결국 공포를 이기지 못해 5미터도 가지 못하고 서둘러 방향을 돌렸다. 오리처럼 물에 입수하는 덕다이빙 동작도 배웠는데, 긴장한 탓에 몸이 뻣뻣하게 굳어 수압을 뚫지 못하고 수면에서 바동거리다 끝났다.

"프리다이빙은 조급하게 마음먹으면 안 돼요. 바다가 언제나 우리를 받아주는 것도 아니고. 우린 그저 천천히, 긴장 풀고, 바다가 받아줄 때 들어가면 된다고 생각해요."

헤어지기 전, 진 사장님이 해준 말이었다.

영덕에서 집으로 올라오는 길에 내내 그 말을 생각했다. 천천히, 긴장 풀고, 바다가 받아줄 때 들어가면 된다. 그러다 어느 순간 깨달았다. 내 오랜 질문에 대한 답을 찾지 못했다는 것을. 아니, 질문을 떠올릴 여유조차 없었다는 것을. 그저 숨 쉬고 싶었을 뿐이라는 것을.

회복 호흡 하듯이 입을 크게 벌리고 공기를 빠르게 들이마셨다. 잠시 숨을 머금고 있다가 뱉고, 다시 산소를 빠르게 들이마시기를 수차례 반복했다.

미화하거나 왜곡하지 말고, 있는 그대로 기억하기.

진 사장님의 말을 떠올리며 다시 청소를 시작했다. 내일은 엄마 방이랑 은우 방을 구석구석 살펴보기로 마음먹었다. 10년 가까이 미뤄온 일이었다. 며칠 뒤면 엄마와 은우의 10주기였다.

15

꿈을 꾸는 나는 꿈속의 나를 바라본다.
편안한 얼굴로 깊은 잠에 빠진 어린아이를.

아이는 물속으로 고요하게 가라앉고 있다.
어쩌면 물속이 아닌 더 깊은 꿈속으로 가라앉는 건지도 모른다.
창백한 얼굴.
살짝 벌어진 입술.
물의 흐름에 따라 해조류처럼 흔들리는 팔과 다리.

그보다 더 깊고 어두운 곳에 아빠가 있다.
아빠!

말은 성대 밖으로 나오지 못하고 마른 흙처럼 부서진다. 그림자만큼 희미해진 아빠는 서서히 어둠의 일부가 된다.

꿈을 꾸는 나는 꿈속의 아빠를 잡을 수 없다.
꿈을 꾸는 나는 꿈속의 나를 깨울 수 없다.
말할 수 없는 혀와 움직일 수 없는 몸으로 점점 멀어지는 꿈속의 나와 아빠를 고통스럽게 바라볼 뿐이다.

형우야!
나를 부르는 엄마 목소리. 나는 물속으로 향한 시선을 거두고 소리에 집중한다. 어느새 꿈을 꾸는 나는 다른 곳에 와 있다. 검고 푸른 바닷속이다.
형우야!
멀리 꿈 밖에서 나를 부르던 목소리가 순간 물속으로 풍덩 빠진다.
엄마!
눈앞에서 엄마와 은우가 가라앉는다. 손목을 테이프로 꽁꽁 동여맨 채 서로를 꼭 끌어안은 둘은 이미 깊은 잠에 빠진 얼굴이다. 엄마는 잠들었는데, 물속에서 엄마 목소리가 메아리처럼 울린다.

너는 꼭 살아줘.
꼭, 잘 살아줘…….

16

아무것도 아닌 일이 가장 어려운 일일 때가 있다.

지금 나에겐 문손잡이를 잡는 일이 그렇다.

살아보려고 발끝에 힘을 줬는데, 불쑥 떠오른 기억 하나, 못이 되는 기억 하나에 순식간에 힘이 빠져나가고 작은 일 하나 해낼 의지조차 생기지 않는 날. 오늘이 그런 날이었다. 간밤에 꾼 꿈 하나 때문에 마음이 바닥에 착 가라앉아서 다시 들어 올리려고 해도 쉽게 되지 않았다.

할 수만 있다면 영원히 유예하고 싶은 일들이 있다.

엄마와 은우의 장례를 치르고 신정동 집에 왔을 때, 나는 소파에 앉거나 냉장고를 열어 물을 꺼내 마시는 일조차 어떻게 해야 하는지 모르는 사람처럼 멍하니 서 있었다. 소파를 보면 거기 앉아 있던 엄마 모습이 떠올랐고, 냉장고 문을 열면 엄마가 만든 음식이 들어 있을 게 무서웠다. 엄마와 은우가 집을 떠나기 전 마지막으로 먹었을 음식들. 집에서 일어난 모든 일은 내가 해결해야 할 사건이었고 집에 있는 모든 물건, 이를테면 평소와 달리 가지런히 벗어둔 실내화, 주방 수도꼭지에 걸쳐두는 대신 잘 말려서 개어놓은 고무장갑, 욕실에 꺼내둔 새 수건 같은 것들은 모두 단서가 될 수 있었다.

집은 깨끗했다. 모든 걸 계획한 사람들답게 엄마도, 은우도 주변을 단정하게 정리해두고 마지막 여행을 떠났다. 남아 있을 나를 배려한 걸까. 심지어 냉장고에 붙여둔 사진과 곳곳에 놓아둔 액자까지 모두 치우고 떠났다. 집이 깨끗하기도 했지만, 뭘 어떻게 해야 할지 몰라 아무것도 하지 못하고 원룸으로 돌아갔다.

얼마 뒤 다시 집에 들렀을 때 엄마 화장대 서랍에서 편지봉투에 담긴 유서를 발견했는데, 내용은 울릉도로 가는 배에 남긴 것과 큰 차이가 없었다. 여행하는 동안 은우를 설득해보겠다는 얘기. 그럼에도 은우 마음이 바뀌지 않으면 혼자 보낼 수 없다는 얘기. 한 글자 한 글자 꾹꾹 눌러쓴 편지를 읽고 종이를 원래대로 접어 도로 화장대 서랍에 넣어두었다. 그 뒤로 엄마 방도, 은우 방도 그대로 두었다. 출근해야 한다는 핑계로 신정동 집에는 한동안 방문하지 않았다.

트럭커로 살아갈 결심을 하고 신정동 집에 들어와 살면서도 주로 내 공간에만 머물렀을 뿐 엄마와 은우의 유품을 정리하는 일은 매번 다음으로 미뤘다. 가끔 창문을 열고 청소기를 돌렸을 뿐이다. 냉장고에 들어 있을 음식을 정리하는 게 제일 걱정이었는데, 문을 열었을 때 생수병을 제외하고 안은 텅 비어 있었다. 사실 내게는 물건을 정리하고 버리는 것보다 간직하는 편이 차라리 쉬울 것 같았다. 그러기 위해선 주기적으로 옷장과 서랍장을 열어 별다른 문제가 없는지 살펴보고, 그 안에 은근하게 쌓인 먼지를 털고 닦아내야 했지만 나는 그것조차 미루고 또 미뤄온 것이다.

집은 모든 것을 보고, 들었겠지. 엄마와 은우가 나눈 얘기들, 엄마와 은우가 주변을 정리하고 떠나는 마지막 모습들까지.

가슴이 갑갑하고 숨이 잘 쉬어지지 않아서 입을 크게 벌렸다. 숨을 들이마시고, 머금고, 내뱉고. 숨을 들이마시고, 머금고, 내뱉고. 숨을 들이마시고, 머금고, 내뱉고. 문손잡이를 잡았다.

엄마 방은 집에서 제일 큰 방이었다. 드레스룸과 개인 욕실이 딸린 만큼 살펴봐야 할 곳도 많았다. 어디부터 시작해야 하나 고민하다 옷장 문을 열었다. 오랫동안 어둠이 고여 있던 공간에 서서히 빛이 스며들었다. 옷장 안에 아직 엄마 냄새가 남아 있을지도 모른다고 생각했는데, 오랫동안 고여 있던 탁한 공기 냄새만 풍겼다. 다행히 옷은 곰팡이나 좀이 슨 흔적 없이 상태가 괜찮았다. 겨울에 엄마가 즐겨 입던 베이지색 코트 주머니에서 오래전 우리가 함께 본 영화 티켓이 나왔다. 그때 본 영화 내용은 희미한데 극장 앞 포장마차에서 다 같이 우동을 사 먹었던 기억은 생생했다. 천막을 젖히고 밖으로 나왔을 때 종로 거리에 눈이 쏟아지던 풍경도. 옷장 한쪽에 넣어둔 종이 상자엔 집 곳곳을 장식했던 사진과 액자가 담겨 있었다. 상자 뚜껑을 든 채로 멍하니 있다 천천히 뚜껑을 닫았다. 웃고 있는 엄마와 은우를 보는 건 다음으로 미루는 편이 나을 것 같았다.

화장대 서랍을 열었다. 유서가 담긴 봉투가 보였다. 잠시 흐트러진 마음을 가다듬고 봉투 아래 놓인 물건들을 살펴봤다. 나란히 모아둔 립스틱 중에서 가장 새것처럼 보이는 걸 꺼내 뚜껑을 열었다. 내 첫 월급으로 산 선물이었다. 원래 옷을 사 주려고 백화점에 데려간 거였는데, 엄마는 내 손을 잡고 1층 화장품 코너로 향했다.

"왜, 나 월급 많이 받는다니까. 옷 보러 가."

내가 버티고 서 있자 엄마가 손을 모으고 귓속말을 했다.

"아들, 엄마 립스틱 갖고 싶어. 빨간 립스틱."

그때 엄마는 이제 갓 스무 살이 된 것처럼 들뜬 표정이었다. 손잡이를 돌리자 빨간 립스틱이 빙글빙글 올라왔다. 이게 뭐야, 몇 번 바르지도 않고. 입술이 닿는 부분을 바라보다 손잡이를 반대로 돌리고 뚜껑을 닫았다. 헤어롤을 넣어둔 세 번째 서랍에선 껌 포장지로 접은 종이학이 나왔다. 손끝으로 학 날개를 쓸어내리다 제자리에 두었다.

은우 방은 내 방과 비슷했다. 책상 하나, 책장 하나, 붙박이장 하나, 침대 하나. 구조는 비슷하지만 뭐랄까, 더 창백한 방이었다. 벽이나 책장에 사진 한 장, 장식품 하나 없었다. 집이 아니라 수도자가 머무는 공간 같았다. 마지막 여행을 떠나기 전에 정리한 게 아닌, 은우가 사춘기에 접어든 뒤로 쭉 이런 상태였다.

먼저 붙박이장부터 열었다. 계절별로 가지런히 정리해둔 옷들은 엄마 것과 마찬가지로 보관 상태가 좋은 편이었다. 뭔가를 버리지 않아도 된다는 사실이 나를 안심시켰다.

책상 서랍도 깨끗했다. 세심한 녀석. 서랍 안에 작은 상자를 넣어두고, 그 안에 단정하게 물건을 정리해둔 게 은우다웠다. 서랍 마지막 칸까지 다 열어보고 책장 앞으로 갔다. 아무래도 책장 쪽이 일이 많을 것이다. 책을 죄다 꺼내 페이지 사이에 낀 먼지를 털어내고 책장 구석구석을 닦아내는 건 시간이 꽤 걸릴 것 같았다. 날을 잡고 제대로 청소하기로 마음먹고 방에서 나오려다 걸음을 멈췄다.

"형은 어떻게 생각해?"

언젠가 은우가 물어봤다. 은우 앞엔 책이 활짝 펼쳐져 있었는데, 세계지도가 인쇄된 지면은 바닷물의 흐름을 표시해둔 화살표로 가득했다.

"뭘?"

무심히 되묻자 은우가 책을 가볍게 두드리며 말했다.

"해류 말이야."

뜬금없는 소리에 대꾸하는 대신 녀석을 쳐다봤다.

"해류가 말이야, 우리를 아빠 있는 곳에 데려다주지 않을까?"

왜 그날의 기억이 떠올랐을까.

나는 다시 책장 앞으로 갔다. 가지런히 꽂아둔 책을 훑다가 바다에 관련된 서적만 모아둔 자리에서 멈췄다. 그때 은우가 보던 인포그래픽 북이 크기가 꽤 컸던 기억이 남아 있어서 쉽게 찾을 수 있었다. 제법 묵직한 책을 꺼내 페이지를 넘겼다. 소중히 다루며 읽었는지 책은 모서리 하나 닳은 곳 없이 깨끗한 상태였다.

책에는 그야말로 바다에 관한 모든 것이 수록돼 있었다. 바다의 역사, 각 바다의 특징, 해양 생물, 해양 자원……. 은우가 얘기했던 해류에 관한 내용도 있었다. 페이지를 한 장씩 넘기는데 안에서 네모 난 종이가 삐져나오더니 포르르 방바닥에 떨어졌다. 종이를 주웠다. 신문이나 잡지 기사를 복사한 다음 가위로 자른 것처럼 보였다.

㈜ 프리다이빙 챔피언, 바다로 사라지다!

큰 글씨로 인쇄된 제목이 금방 눈에 들어왔다. 시선을 아래로 옮겨 본문을 읽었다.

이탈리아의 프리다이빙 챔피언 알델모 바르비에리(36)가 지중해 인근에서 훈련 도중 실종됐다. 함께 다이빙하던 동료들의 구조 요청을 받은 해양경비대가 수색에 나섰지만 실종자를 찾는 데 실패했다.

수영 선수로 활약하다 프리다이빙으로 전향한 알델모 바르비에리는 데뷔와 동시에 세계 신기록을 세우며…….

나머지 내용을 빠르게 훑고 기사 하단에 실린 사진을 봤다. 바다에서 헤엄치는 남자 등에 어린아이 둘이 매달려 있었다. 캡션에 이렇게 적혀 있었다.

생전에 가족과 휴가를 즐기는 알델모 바르비에리. 그는 아이들을 '내 작은 따개비들'이라 부르며 등에 태우고 수영하기를 즐겼다.

낯설지 않았다. 이건…… 익숙한 이야기였다.
기사가 실린 날짜를 확인했다.

199×년 2월 ×일

30년 전 기사였다.
생각이 멈췄다. 여러 번 읽어도 이유는 해석되지 않았다. 내용이 익숙한 이유. 은우가 스크랩을 해둔 이유.
답을 찾으려는 듯 다시 책을 뒤졌다. 종이가 구겨져도

상관하지 않고 빠르게 뒤로 넘겼다. 빛바랜 폴라로이드 사진 한 장을 발견했다. 오래전에 찍은 사진인 듯 인물들이 사람 아닌 영혼처럼 흐릿해 누구인지 식별하기 어려웠다. 그리고 종이 조각이 하나 더 나왔다. 역시 기사를 복사해 가위로 자른 것이었다.

비강港 차량 추락 사고, 운전자 실종

지난 ××일 새벽, 동해 비강항에서 차량 추락 사고가 발생해 운전자 A씨가 실종됐다. 관계 당국은 수색 끝에 방파제 인근 바다에서 사고 차량을 발견했으나 차량 내부에서 실종자 A씨를 찾지는 못했다고 전했다. 경찰 관계자는 "잠수사가 직접 육안으로 차량 번호를 확인해 해당 차량이 A씨의 것임을 확인했다"면서 현재 해경과 함께 차량 인양 계획을 세우는 중이라고 밝혔다. 비강항 인근은 조류가 세고 수심이 깊어 인명 사고가 자주 발생하는 곳으로…….

이건…… 모르는 얘기였다.

199×년 8월 ××일

프리다이빙 챔피언 기사보다 한 해 앞서 실린 기사였다.

뭐지, 이건. 이런 걸 대체 왜.

다른 시간, 다른 지역에서 벌어진 두 건의 사고. 머리가 아팠다. 기사 내용보다 서늘하게 다가온 건 은우 필체로 적힌 글자였다. 복사한 종이 하단에 까만색 볼펜으로 적어둔 세 글자가 가장 난해한 수수께끼였다.

거짓말

이 단어가 의미하는 건 무엇인가.

다시 페이지를 뒤졌다. 끝까지 넘겨본 뒤 다시 앞장으로 돌아왔지만 아무것도 나오지 않았다. 다른 책을 꺼냈다. 하나하나 꺼내서 책을 펼치고 힘껏 털었다. 페이지를 한 장씩 빠르게 넘기느라 종이가 구겨지고 찢어졌다.

다른 건 없었다.

아무것도 없었다.

서랍에서도, 옷장 안에서도, 은우 방 어디에서도 나를 이해시킬 만한 건 아무것도 나오지 않았다.

17

 바닥에 누워 천장을 바라봤다.

 심심한 하얀색 벽지처럼 보이지만, 자세히 보면 주름 같은 무늬들이 있었다. 그것을 바라보고 또 바라보면 그 위로 얼룩 같은 무늬들이 떠다녔다. 밤을 꼬박 새운 피로 탓인지, 단순한 착시 현상인지, 오래전에 잃어버린 기억의 잔상인지 알 수 없는 무늬들.

 모로 눕자 바닥에 아무렇게나 던져놓은 책들이 보였다. 책날개가 펼쳐지고 페이지가 구겨진 책들. 그 사이로 묵은 먼지가 덩어리를 이루고 있었다. 숨을 길게 내쉬자 먼지 덩어리가 둥실 떠올랐다 뒤로 멀어졌다.

 뭔지 모를 그 무언가를 찾아 밤새 집 안을 뒤지다 은우 방에 쓰러지듯 누웠다. 머릿속은 온통 빛바랜 폴라로이드 사진과 은우가 스크랩해둔 기사 생각뿐이었다.

프리다이빙 챔피언의 실종.

비강항 차량 추락 사고.

지금으로부터 30년 전쯤 일어난 사고였으나 은우가 기사를 스크랩한 시점이 언제인지는 정확히 알 수 없었다. 처음 해류에 관한 얘기를 했을 때 은우가 중학생이었나, 고등학생이었나. 내가 살아온 시간들인데 어떻게 이토록 불분명하고 군데군데 구멍이 많은 건지. 갑갑해서 주먹으로 가슴을 두드렸다. 머리를 쳤다.

"아빠가 너희들 등에 태우고 수영하면, 물에 빠지지 않으려고 아빠 등에 찰싹 달라붙는 게 꼭 따개비 같았다니까! 너희들 기억 안 나지?"

프리다이빙 챔피언 얘기는 엄마가 들려준 아빠 얘기와 비슷했다. 지구 반대편에 살았던 남자와 아빠의 삶은 마치 복사한 것처럼 닮아 있었다.

그리고 비강항.

비강항은 포항에서 영덕으로 올라가면 금방 나오는 곳이다. 윗굴마을에 갈 때 비강항 부근을 지나갔는데 윗굴마을처럼 기암절벽이 이어지고 바다 색이 유독 짙었던 기억이 났다. 시은 님이 했던 얘기도 떠올랐다.

"자격 갖춘 사람들이랑 다이빙한다면 이쪽은 안전한 편이에요. 요 아래 비강항이 진짜 험하지. 거긴 사고가 워낙 많아서 몇 년 전에 출입 통제 구역으로 바뀌었거든요."

은우가 스크랩해둔 걸 보면 기사에 나온 사고가 우리 가족과 연관이 있다고 충분히 가정해볼 수 있었다. 그런데 사고라니. 엄마에게 그런 얘기를 들은 기억은 없었다. 기사에 적힌 날짜. 그때 나는 초등학교 1학년이었는데, 내 기억의 대부분은 초등학교 2학년 무렵부터 시작된다. 실제로 어떤 사고가 있었다 해도 기억하지 못할 가능성이 충분했다.

"사람은 감당하기 힘든 기억을 스스로 지워버리기도 하거든."

엄마는 말했다. 아빠를 잃은 슬픔이 너무 큰 탓에 내 기억 속에서 아빠가 사라진 거라고. 아빠와 함께했던 시간도, 아빠와 함께 들어갔던 바다도 모두 증발된 거라고.

거짓말.

그렇다면 은우가 남긴 글자는 무엇을 의미하는 걸까.

머리가 깨질 듯 아팠다. 머릿속에서 시작된 의문이 부피를 키우며 심장까지 짓누르는데, 질문에 대답해줄 수 있는 두 사람은 이 세상에 존재하지 않았다. 나는 몸을 웅크린 채 눈을 꼭 감았다.

18

집 안에 머물던 빛이 사라졌다.

빛이 빠져나간 자리에 스며든 어둠이 웅크린 내 몸을 삼켰다.

답을 알 수 없는 생각을 붙들고 있다 까무룩 잠이 들었다.

19

머릿속에 기억 하나가 빠르게 스쳐 갔다.

스쳐 간 쪽으로 고개를 돌리면 기억은 이미 모습을 감춘 뒤였다. 어떤 정보도 알 수 없는 여운과 잔상만 남아 있었다.

다시 또 하나.

유성이 떨어지는 순간을 매번 놓쳐버리는 것처럼 번쩍 나타났다 사라지는 기억을 자꾸 놓쳤다. 떠오를 듯 말 듯하다 영영 사라져버리는 기억들.

하나.

…….

또 하나.

……

다시 또 하나.

20

끝없이 이어지는 질문을 따라 흘러가던 의식이 순간, 무의식이 파놓은 구덩이 아래로 추락했다. 까무룩 잠들었던 나는 몸을 떨며 깨어났다. 잔기침이 터졌다. 입안이 말라 목이 따가웠다.

몸을 일으키고 냉장고에서 물을 꺼내 마셨다. 속이 비어 있는 탓에 차가운 액체가 그대로 식도와 위를 통과해 장까지 내려간 기분이었다.

찬물을 마시니 정신이 조금 들었다. 애초에 답을 찾을 수 없는 수수께끼였다.

작년 여름, 프리다이버들을 발견하고 다시 그들을 보러 가는 데 꽤 많은 용기가 필요했다. 진 사장님한테 명함을 받고 연락하기까지는 더 많은 용기가 필요했다.

    매일 목적지를 향해 달리는 삶.

    목적지에 도착하면 다음 목적지를 향해 달려가는 일만 반복했던 내게는 삶의 아주 작은 변화도 두렵고 겁나는 일이었다. 마음을 먹고 또 먹어야 겨우 시작할 수 있었다.

    사람들과 어울린 것도, 음식다운 음식을 먹은 것도 정말 오랜만이었다. 도로를 달리지 않고도 숨이 쉬어진 건 정말이지 오랜만이었다. 다음을 욕심내고 싶어진 시간들.

    그랬는데.

    집에 돌아와 마주한 현실은 생이 내게 주는 답처럼 느껴졌다.

    이게 너의 운명이야.

    여기서 벗어날 수 없어.

    영영.

    영영.

    삶은 돌탑을 쌓는 것과도 같았다. 살아갈 이유를 차곡차곡 쌓아 올린다 해도 아래 놓인 돌이 흔들리면 삶 전체가 흔들렸다.

내 탑은 맨 아래에 놓인 돌부터 불안정했다. 애초에 쌓을 수 없는 탑이라는 걸 이제는 인정할 수밖에 없었다.

21

파도가 밀려왔다.

일부는 하얀 거품을 토해내며 모래 속으로 사라지고, 일부는 밀려온 만큼 뒤로 물러났다. 그리고 다시 파도가 밀려왔다.

파도가 밀려올 때 물었다.

나는 죽고 싶은가.

파도가 밀려갈 때 다시 물었다.

나는 살고 싶은가.

운명에 떠밀리듯 트럭을 몰고 영덕으로 내려왔다. 인생

길에 놓인 모든 이정표가 한곳을 가리키고 있었다. 돌고 돈다 해도 결국 종착지는 달라지지 않을 삶이었다.

어촌의 밤은 도시보다 빨리 찾아왔다. 윗굴마을에 불빛이 새어 나오는 집은 많지 않았다. 구름 사이로 번지는 달빛에 의지해 바닷가에 앉아 있으니 세상이 온통 파도 소리로 가득했다. 문득 기척이 느껴졌다. 돌아보니 조금 떨어진 곳에 개가 있었다. 개는 모래사장에 앉아 바다를 바라보고 있었다. 언제 왔을까. 말없이 개를 향해 손을 뻗었다. 개는 내 쪽으로 고개를 돌렸다가 이내 시선을 옮겼다. 끙끙 우는 소리를 내면서 자꾸 자세를 바꿨다. 이곳에서 스스로 바다에 들어갔다는 가족을 기다리는 걸까. 뒤를 돌아봤다. 기암절벽 중간쯤 자리 잡은 마리아나펜션이 보였다. 어슴푸레한 풍경 속에서도 빨간 지붕에 하얀 줄무늬를 칠해둔 집을 어렵지 않게 찾을 수 있었다. 펜션 마당에 걸어둔 알전구가 이름을 알 수 없는 별자리처럼 빛났다.

여기는, 안 된다.

처음 프리다이버들을 지켜보면서도, 보트 다이빙을 따라가고 비치 다이빙으로 첫 입수를 하면서도, 한편으로는 자리를 봐두었다. 혼자 물에 들어가기 좋은 곳을. 다시는 빠져나올 수 없는 내 무덤이 될 자리를. 조심스럽게 삶을 욕망

하는 순간에도 죽음은 늘 그림자처럼 나를 따라다녔다.

적당한 자리를 미리 봐둔 만큼 성공할 확률이 높겠지만, 그럼에도 이곳은 안 된다고 생각했다. 진 사장님과 프리다이버들. 깊은 사정은 다 알 수 없어도 숨을 참으며 겨우 살아내는 그들에게 모래알만큼의 슬픔조차 얹고 싶지 않았다. 그리고 이 개에게도.

자리에서 일어났다. 개가 불안한 눈빛으로 나를 바라봤다.

개와 오래도록 눈을 마주하다 돌아섰다.

잘, 있어.

한적한 도로에 아무렇게나 세워둔 트럭에 올라탔다.

이곳이 아니라면…….

나는 가야 할 곳을 알고 있었다.

22

비강항

바닷속에 경사가 가파른 험한 산을 숨기고 있다고 하여 비강항(祕岡港)이라 이름 지었다. 해저 절벽 아래로 수심이 깊고 물살이 험하기로 유명하다. 물에 빠진 사람을 묻기 위해 미리 파놓은 구덩이가 숨겨져 있다는 의미로 비광항(祕壙港)이라 부르기도 한다.

비강항으로 들어가는 길에 서 있는 표지판 앞에서 걸음을 멈췄다. 진짜 무덤으로 쓰기 좋은 바다는 이곳이었다. 표지판에 맑은 날 선착장 풍경이 들어가고, 한쪽엔 창공을 가로지르는 갈매기 두 마리를 그려뒀기 때문인지 사진 속 바다는 설명과 다르게 잔잔하게 느껴졌다.

30여 년 전 차량 추락 사고로 운전자 A씨가 실종된 곳.

주변을 둘러봤다. 특별할 게 없는 어촌 풍경. 낯설다면 낯설고 익숙하다면 익숙하다 말할 수 있는 그런 곳이었다.

돌아보면 알 수 없는 게 너무도 많은 생이었다.

알 수 없는 것.

어쩌면 그것이 생의 속성인지 모르겠으나, 나의 경우 증발된 기억과 풀 수 없는 수수께끼로 가득했다. 엄마와 은우, 내가 알 수 없는 둘만의 시간에 이어 은우가 남기고 간 비밀까지. 그건 1만 개의 조각으로 완성되는 직소 퍼즐에서 단 두 개의 조각만 손에 쥐고 있는 것과 같았다. 있었던 일들을 완전히 외면할 수도 없는, 그렇다고 진실을 찾을 수도 없는 생. 한 발 나아가려 하면 족쇄처럼 발목을 붙잡고 뒤흔들다 끝내 넘어뜨리는 생. 이젠 지쳤다. 버틸 만큼 버텼다는 생각이 들었다. 트럭을 몰고 도로를 달리면서 지독한 생으로부터 그럭저럭 도망 다니고 있다고 생각했는데, 나의 착각이었다. 아무리 멀리 도망가도 이 잔혹한 생에서 벗어날 방법은 없었다.

출입 통제 구역

방파제 입구에 경고문이 적혀 있었다. 들어가는 길은 펜스가 둘러져 있었지만 그것을 넘는 건 어렵지 않았다.

방파제 끝에 섰다.

어둠 속에서도 바다가 더 큰 어둠을 품고 있는 걸 느낄 수 있었다.

숨겨진 무덤이라 불릴 만큼 깊고 험한 바다.

오늘은 조류가 가장 거센 한사리였다. 지금은 바닷물이 이동하는 시간이라 물살이 더 빠를 것이다. 30여 년 전에 A씨도 이맘때 바다에서 사라졌다. 10년 전 엄마와 은우도 마찬가지였다. 바다가 제 품에 들어온 생명을 끌어안고 먼 곳으로 데려가는 시기.

숨을 크게 들이마셨다.

멀리 검은 바다를 바라보다 시선을 바닥으로 떨궜다. 손이 떨리는 걸 깨닫고 주먹을 꽉 쥐었다. 방파제에 아슬아슬하게 걸쳐둔 발끝에 힘이 들어갔다. 어지러웠다. 파도가 출렁이는 건지 내 몸이 흔들리는 건지 구분할 수 없었다. 물에 들어간 뒤에 후회가 밀려온다 해도 바다는 후회보다 더 깊어서 돌이킬 수 없을 것이다.

저 먼바다 어딘가에 엄마가 있다.

은우가 있다.

아빠가 있다.

결국 나의 종착지는 저 먼 곳뿐이었다.

허공에 발을 뻗었다.

그리고, 한 발 더.

23

나는 바다가 흔들어대는 거친 요람 속에서 잠이 든다.
천천히.
천천히.

물방울

1

뺨 위로 바람이 지나갔다.

바람은 떠날 듯 말 듯 맴돌다 멀어졌다. 실크 스카프처럼 얇고 부드러운 바람이었다. 간지러운 기분에 발가락을 꼼지락거리며 눈을 떴다. 어떤 무늬도 없이 그저 고운 입자로만 이루어진 파란빛이 쏟아졌다. 눈이 시렸다.

여긴 어디지.

마른세수를 하며 몸을 일으켰다. 바닥이 출렁거려 하마터면 균형을 잃고 넘어질 뻔했다. 내가 해먹에 누워 있다는 걸 그제야 깨달았다. 본능적으로 그물을 꽉 붙들고 아래를 내려다봤다. 땅에 폭신하게 풀이 자라 있어 떨어져도 그리 아플 것 같지는 않았지만, 움직임이 완전히 멈추길 기다렸다가 조심조심 해먹에서 내려왔다.

발바닥에 바스락거리는 풀과 까끌까끌한 흙의 감촉이 동시에 느껴졌다. 나는 맨발이었다. 시선을 위로 끌어당겼다. 흰색 민소매 티셔츠에 청색 체크무늬 반바지는 그대로 입고 있었다. 신발은 강한 물살에 떠내려간 모양이었다.

여기는……

찬찬히 주위를 돌아봤다. 먼 곳은 온통 파란빛이었다. 말간 하늘이 푸른 바다와 만나는 지점에서 둘의 경계가 또렷한데도 하늘과 바다는 하나로 이어진 것처럼 느껴졌다. 태양 빛을 머금은 모래사장에 가지런히 모여 있는 밀짚 파라솔이 휴양지 분위기를 풍겼고 모래사장과 조금 떨어진, 내가 서 있는 이곳은 바닥에 풀이 돋아나고 몇 그루의 야자수가 우뚝 솟아 있었다. 그중 키가 가장 큰 나무 그림자가 모래사장 쪽으로 길게 드리워졌는데, 태양과 절묘하게 각도를 이뤄 이파리 부분이 마치 축제 날 터뜨린 화려한 불꽃처럼 보였다. 해먹을 걸어둔 야자수 밑엔 빨간색 플립플롭이 놓여 있었다. 초록색 풀에 선명하게 대비되는 빨간색 신발. 누구의 것일까. 그보다 여긴 대체 어디일까.

마지막 기억부터 더듬었다.

바다.

나는 바다에 뛰어들었다. 비강항에서였다.

여름이지만 밤바다는 시원하기보다 차가운 쪽에 가까웠다. 차갑다는 감각이 전해지는 것과 동시에 나는 가라앉았다. 어쩌면 수평으로 떠밀려 가는 건지도 몰랐다. 밤보다 더 까만 바닷속에선 아무것도 보이지 않았다. 바다는 생각했던 것보다 물살이 빠르고 거셌다. 살아 움직이는 바닷속에서 더 이상 어디가 위인지 아래인지 옆인지 구분할 수 없게 됐고, 온몸이 공포에 장악당했다. 그 와중에도 후두개를 단단히 닫고 숨을 참았다. 손으로 코와 입을 꽉 틀어막았다. 물을 삼키며 고통스러워하는 쪽보다 산소 부족으로 기절하는 편이 더 나을 거라고 미리 생각해뒀기 때문이다. 하지만 이산화탄소를 내뱉고 싶은 욕망과 격하게 수축하는 호흡근을 견디는 것도 점점 버거워졌다. 이 모든 시간이 빠르게 스치는 것 같으면서도 느리게 흘러갔다. 몸에서 힘이 빠져나가고, 생각의 날이 무뎌지고 있다는 걸 어렴풋이 느끼다가…… 눈을 떠보니 여기였다.

주변에는 아무도 없었다. 먼 곳까지 둘러봐도 사람은 보이지 않았다. 무인도인가. 모래사장에 모여 있는 파라솔을 보며 고개를 저었다. 확실히 무인도보다는 휴양지 쪽이었다. 동해에서 이런 풍경을 본 적이 있었나. 언젠가 인터넷에서 본 사진이 떠올랐다. 양양 부근인가. 아니면 남쪽 지방의 어느 섬? 제주도? 하지만 이곳은 이국적인 분위기가 강하게 느껴졌다. 그렇다면 일본? 대만? 중국? 아니, 그보다 더 먼 이국의 정취로 가득했다. 어디든 외국이라면 누군가가 나를 구조해 자기네 나라까지 데려왔다는 건데…… 역시 양양? 그런데 영덕 바다에서 양양까지 죽지 않고 흘러가는 게 말이 되나? 말이 안 되지. 배에 탄 사람이 나를 건져내 이곳으로 데려왔겠지.

잠꼬대 같은 생각은 그만하라는 듯 바람이 살갗에 스쳤다. 일단 나를 구조한 사람을 기다리기로 했다. 해먹에 걸터앉아 멍하니 바다를 바라봤다. 수면에 떨어진 햇빛이 파도가 출렁이는 리듬에 맞춰 쉴 새 없이 부서졌다. 눈부시게 빛나는 윤슬을 보면서 생각했다. 죽지 않고 살아서 다행이라 여기는지, 아니면 죽지 않고 살아서 안타까운 기분이 드는지. ……모르겠다. 팔과 다리를 살폈다. 손을 활짝 펼치고 몸 곳곳을 더듬으며 다친 곳은 없는지 확인했다. 말짱했다. 주변을 살폈다. 이 넓은 바닷가에 사람이라곤 여전히 나 혼자뿐이었다. 하늘도, 바다, 불꽃 축제를 벌이는 것 같은 야자수 잎사귀 그림자까지도 전부 이토록 아름다운데, 파라솔 그늘에서 쉬거나 선베드에 누워 태닝하는 사람 하나 없었다. 그러고 보니 사람은 물론 갈매기 한 마리 보이지 않았다.

왜…… 병원이 아니지?

문득 이상했다. 나를 구했으면 신고했을 것이고, 그렇다면 제일 먼저 도착한 곳은 병원이었을 것이다. 그런데 왜 나는 병원이 아닌 이곳에 있는 걸까. 찬란하게 반짝이는 대낮인데 덜컥 겁이 났다.

자리에서 일어났다. 잠시 고민하다 빨간색 플립플롭을 신었다. 야자수가 이어지는 쪽과 파라솔이 있는 모래사장 쪽을 번갈아 보다 모래사장으로 방향을 정했다.

파라솔마다 작은 테이블 하나와 선베드 두 개가 딸려 있었다. 빈자리도 있었지만, 테이블에 물방울이 송송 맺힌 칵테일 잔이 놓여 있거나 선베드에 비치 타월이 깔린 곳도 있었다. 혹시 누가 있을까 싶어 파라솔 사이로 천천히 걸었다. 적막했다. 귓가에 들리는 거라고는 잔잔한 파도 소리, 그리고 플립플롭이 모래와 마찰하는 소리뿐이었다.

얼마 걷지 않았는데 목이 탔다. 여름, 바닷가의 태양은 강렬했다. 습도가 높지 않아 불쾌하지는 않았지만, 옷 밖으로 드러난 피부가 금세 붉게 익어버렸다. 식도부터 창자까지 서서히 마르는 기분이었다. 파라솔로 되돌아가 테이블에 놓여 있던 자몽 빛깔 칵테일을 들이켜고 싶은 마음이 간

절했다. 어디 식수대 같은 게 없는지 근처를 둘러봤다. 아지랑이가 아물아물 피어오르는 모래사장뿐이었다. 손차양을 만들고 더 먼 곳까지 내다봤다. 많이 멀지 않은 곳에 수돗가가 보였다. 길게 숨을 내쉬고 다시 천천히 들이쉬었다. 뜨거운 공기가 폐부를 달궜다. 눈에 보이는 것이 신기루가 아니길 빌며 서둘러 걸음을 옮겼다.

2

 수도꼭지를 돌렸다. 오랫동안 사용하지 않았기 때문인지 물은 나오지 않고 수도관 깊은 곳에서 쿨렁거리는 소리만 들려왔다. 초조한 마음으로 기다리다 양옆에 있는 수도까지 틀었다. 요란한 소음이 점점 가까워지는가 싶더니 왈칵 물이 쏟아졌.

 수도꼭지에 입을 댔다. 거칠게 말라버린 목구멍 안으로 차가운 액체가 밀려들었다. 나는 처음 젖을 빠는 아기처럼 본능적으로 물을 삼켰다. 시들해진 몸에 수분을 보충하는 동안 숨 쉬는 것도 잊었다. 배를 가득 채울 만큼 물을 마셔도 몸의 열기는 식지 않았다. 세수를 하고 목덜미까지 닦아냈지만 부족한 기분이 들어 머리를 숙이고 시원하게 쏟아지는 물에 정수리를 적셨다. 그제야 좀 살 것 같았다.

아.

생각해보니 어이가 없었다.

살 것 같다니. 죽으려고 바다에 뛰어들어놓곤 살 것 같다니.

수도를 잠갔다. 머리를 세차게 흔들어 물기를 털어내자 사방으로 물방울이 튀었다. 강렬한 햇빛 속에 떠 있는 물방울들이 크리스털처럼 반짝였다. 아주 잠깐, 시간이 멎은 것 같은 착각이 들었다. 물 덩이에 맺힌 작은 풍경까지 볼 수 있을 만큼 온 세상이 숨을 멈추고 고요 속에 머물렀다. 우주선에서 물방울과 함께 공중에 떠 있는 기분이 이럴까. 영롱하게 빛나는 수백, 수천 개의 구슬이 나를 둘러싸고 있는 광경. 황홀했다.

"꺄하!"

정적을 깨부수며 가벼운 웃음소리가 끼어들었다. 머리카락에서 줄줄 흘러내리는 물 때문에 앞이 보이지 않았다. 손등으로 젖은 얼굴을 훔치자 사내아이 대여섯 명이 시야에 들어왔다. 아이들은 수돗가에서 물싸움을 하고 있었다. 어떤 아이는 수도꼭지에 바짝 붙인 손바닥을 이리저리 움직여가며 물줄기를 쏘아댔고, 플라스틱 물총을 들고 액션배우 흉내를 내는 아이, 실내화에 물을 받아 상대에게 끼얹는 아이도 있었다. 초등학교 저학년쯤 됐을까. 저 나이 때 나도 똑같이 놀았던 기억이 났다. 저 아이들처럼 나도 다 젖은 옷을 입고 신나게 웃었다. 책가방과 신주머니는 운동장 한쪽에 아무렇게나 던져두고 더운 줄도 모르고 뛰어다녔다.

잠깐만.

책가방이라니. 운동장이라니.

주위를 둘러봤다. 언제인지 모르게 풍경이 변해 있었다. 바닷가의 모래사장 대신 운동장이 펼쳐졌고, 야자수 대신 옆으로 긴 직사각형 건물이 자리 잡고 있었다. 건물 앞에 철제로 된 단상이 보였고 그 뒤에서 태극기가 펄럭거렸다.

그러니까 여긴…….

학교였다. 정확히 말하면 내가 다닌 초등학교였다. 화단에 피어 있는 해바라기, 교실 창가에 놓인 자줏빛 피튜니아 화분, 철봉과 모래사장, 모래사장에 울타리처럼 둘러놓은 폐타이어, 정글짐과 구름사다리……. 초등학교를 졸업한 지 사반세기도 더 지났지만 하나둘 기억이 선명해졌다. 오랜 세월이 흘렀음에도 학교는 기억 속 그대로였다. 조금도 낡지 않고 그대로라니. 미간에 저절로 힘이 들어갔다. 제자리에 서서 천천히 한 바퀴 돌았다. 그러고 보니 아이들 옷이

나 책가방에서 볼 수 있는 캐릭터는 내가 초등학교 시절에 인기를 끌었던 만화 주인공 '캡틴'이었다. 손끝이 떨렸다.

물싸움하는 아이들을 한 명씩 살펴봤다.

낯선 듯 익숙한 얼굴.

언젠가 본 적이 있는 것 같은 얼굴.

기억을 더듬고 더듬으면 이름이 떠오를 것만 같은 얼굴.

그중 흰색 티셔츠를 입고 있는 아이는 확실히 기억났다.

물총을 피해 수돗가에서 후퇴한 아이는 몸을 낮추고 고지를 탈환할 기회를 엿봤다. 한 발 나아갔다 다시 뒤로 물러서기를 반복하던 아이는 근처에 굴러다니는 빈 과자 봉지를 흘금거렸다. 다른 아이들이 눈치채지 못하게 게걸음으로 조심스럽게 움직이다 마침내 봉지를 손에 넣고 수돗가 반대쪽으로 쏜살같이 달려갔다. 가지런히 다듬어놓은 회양목을 가볍게 뛰어넘어 화단에 들어간 아이는 부레옥잠을 키우는 작은 분수대 앞에서 멈추더니 과자 봉지에 물을 가득 채우고 친구들을 향해 돌진했다. 봉지에 든 물이 제 옷에 튀는 줄도 모르고 아이는 햇살처럼 웃고 있었다.

아홉 살의 나였다.

3

아이는 신주머니를 빙글빙글 돌리며 교문으로 향했다. 젖은 머리카락과 티셔츠에서 물이 뚝뚝 떨어졌고, 등에 멘 책가방도 조금씩 젖고 있었다. 지퍼가 덜 잠긴 가방 사이로 익숙한 책이 보였다.

탐구생활

2-1

새로 받은 책이 물에 젖는 줄도 모르고 아이는 가볍게 걸어갔다. 여름방학이 시작된 모양이었다.

아이는 운동장 가장자리에 심어둔 무궁화나무 앞에서 걸음을 멈췄다. 가지마다 아직 꽃들이 한창인데, 몇 송이는 바닥에 떨어져 있었다. 낙화한 꽃들은 가지런히 접어둔 우산처럼 꽃잎이 도르르 말려 있었다. 미련 없이 소멸을 준비한 것처럼. 떨어진 꽃을 밟지 않으려고 아래를 살피며 띄엄띄엄 걷던 아이가 뭔가를 발견하고 홀린 듯 달려갔다. 아이는 까치발을 들고 무궁화꽃에 얼굴을 가까이 댔다. 나는 등을 구부리고 아이와 같은 곳을 바라봤다. 분홍색 꽃 안에 청록색 풍뎅이가 앉아 있었다. 작은 곤충은 자세히 보지 않으면 눈치채지 못할 만큼 느릿느릿 움직였는데, 아이는 지루한 기색 없이 한동안 발뒤꿈치를 들었다 내렸다 하며 풍뎅이를 관찰했다.

내가 보이지 않는 걸까.

내 시선 따위는 신경 쓰지 않고 제 관심사에만 집중하던 아이는 다시 신주머니를 빙빙 돌리며 교문을 나섰다. 비탈진 길을 내려갈수록 걸음걸이가 불안해지며 아이는 금방이라도 넘어질 것 같았다. 나는 손을 뻗으면 책가방을 잡을 수 있는 거리에서 아이 뒤를 쫓았다. 어릴 때 이 길에서 여러 번 넘어져 무릎이 까졌던 기억이 났다. 그땐 매일 학교 갈 때마다 등산이라도 하는 기분이었는데, 지금 보니 야트막한 언덕에 불과하다는 사실이 직접 보고도 믿기지 않았다.

넘어질 듯 위태롭게 앞서가는 아이.

아홉 살 때의 나.

꿈을 꾸는 내가 꿈속의 나를 보는 걸까. 이 모든 건 내가 물속에서 꾸는 꿈인 걸까.

뭐가 어떻게 된 건지 알 수 없었지만, 눈앞의 아이는 생생하게 살아 있었다. 얼굴은 빨갛게 달아올랐고 콧등에는 땀방울이 맺혀 있었다. 가슴에 손을 대면 작은 심장이 팔딱거리는 게 느껴질 것 같았다. 나풀나풀 비탈길을 내려가던 아이가 갑자기 전속력으로 달리기 시작했다. 어어, 바보 같은 소리를 내며 허둥거리다 서둘러 아이를 쫓아갔다.

비탈길 끝에 자리 잡은 문방구 앞에서 달음질을 멈추고, 아이는 옹기종기 모여 있는 또래 틈에 자연스럽게 끼어들었다. 동전을 넣고 손잡이를 돌리면 새알처럼 생긴 플라스틱 공이 굴러 나오는 뽑기 기계는 언제나 동네 꼬마들에게 인기였다. 안에 들어 있는 거라곤 도마뱀 모양의 진득거리는 장난감, 플라스틱으로 만든 거미나 지네, 조잡한 로봇이나 열쇠고리가 전부였음에도 플라스틱 공을 열 때마다 구경꾼이 몰려왔던 기억이 났다.

"길을 비켜라! 뽑기왕 황금손이 나가신다!"

구경꾼들이 길을 터주자 도널드덕 모자를 쓴 꼬마가 당당한 걸음으로 등장했다. 구경꾼을 의식했는지 도널드덕은 과장된 몸짓으로 두 손을 모아 기도하는 흉내를 낸 다음 동전을 넣고 감질나게 손잡이를 돌렸다. 도널드덕이 손을 움직일 때마다 주변의 꼬맹이들이 침을 꼴깍 삼켰다. 기다림 끝에 마침내 데굴데굴 공이 굴러 나왔다. 도널드덕은 갓 낳은 알처럼 공을 소중하게 품고 구경꾼들을 둘러보며 시간을 끌었다.

"야, 빨리 열어봐."

구경꾼들이 재촉하자 도널드덕은 입가에 웃음을 흘리며 공을 더 깊숙이 감췄다.

"에이, 재미없어. 난 집에 간다!"

구경꾼 중 하나가 시큰둥한 말투로 돌아섰다. 돌아서자마자 익살스러운 표정으로 다른 구경꾼들에게 눈을 찡긋거렸다. 그것이 뭘 의미하는지 눈치챈 구경꾼들이 함께 등을 돌리고 자리를 떴다. 아홉 살의 나도 무리를 따라갔다.

"야, 가지 마! 지금 열 거란 말이야!"

도널드덕이 무리 앞으로 헐레벌떡 달려왔다. 양팔을 벌려 구경꾼들을 진정시킨 다음 서둘러 공을 열었다. 손바닥이 땀으로 축축해진 탓에 공은 쉽게 열리지 않았고, 다급한 마음에 그만 공을 놓치고 말았다. 도널드덕은 소중히 품던 알을 둥지 아래로 떨어뜨린 어미 새처럼 눈을 질끈 감았다.

바닥에 부딪힌 충격으로 공은 반으로 쪼개졌고 안에 든 물건이 흘러나오며 찰그랑찰그랑 요란한 소리를 냈다. 열쇠고리였다. 뽑기 상품 중에 열쇠고리가 단연 인기 순위 최하위를 차지하고 있었는데, 그중에서도 특히 인기 없는 네잎클로버 모양 열쇠고리였다. 오늘 저녁밥을 한술 뜨기도 전에 기억에서 사라지고, 몇 년 뒤 이사 갈 때쯤에나 먼지 뭉치와 함께 발견돼 곧장 쓰레기통에 처박힐, 그러니까 '꽝'이나 다름없는 물건이었다.

"쌤통이다."

아까 재미없다며 돌아선 소년이 옆에 있던 아홉 살의 나에게 윙크하며 속삭였다. 아주 잠깐 둘은 마주 보고 웃었다.

아.

명치에서 뜨겁고 물컹한 덩어리가 울컥 치밀었다.

고작 아홉 살 사내 주제에 매력적으로 윙크하는 저 아이는, 또렷한 이목구비에 어딜 가든 눈에 띌 만큼 잘생긴 저 아이는…… 현기였다. 현기와 친구가 된 건 5학년 때였는데, 우리가 기억하지 못했을 뿐 첫 만남은 그보다 더 빨랐다는 걸 나는 이제야 알았다.

우리 이렇게 만난 적이 있었구나.

자꾸 치밀어 오르는 뜨거운 것을 삼키며 나는 두 아이

를 바라봤다. 마주 보고 웃던 현기와 아홉 살의 나는 손을 가볍게 들어 인사하고 돌아섰다. 아홉 살의 현기가, 내가 미처 알지 못했던 아홉 살의 현기가 점점 멀어졌다.

4

그날.

초등학생 때의 일들은 워낙 오래전이라 흐릿해졌거나 증발된 것들이 많지만, 그날은 여전히 또렷하게 기억한다.

5학년 여름, 매미 울음소리가 소나기처럼 쏟아지던 무렵이었다.

그 시절 나는 축구에 푹 빠져 있었다.

그날도 수업이 끝나자마자 집에 달려온 나는 신발도 벗지 않은 채 책가방만 내던지고 다시 밖으로 나갔다. 집에서 멀지 않은 곳에 성당이 있었는데, 평일에는 성당 앞마당을 동네 꼬마들에게 내어주곤 했다. 이제 막 신학교를 졸업했을 앳된 부주임 신부님은 드리블 기술이 뛰어나 꼬마들 사이에서 인기가 많았다.

성당에 가려면 벚나무가 늘어선 길을 지나야 했다. 동네 매미들이 전부 그 길에 터를 잡았나 싶을 정도로 매미 소리가 유독 크게 들렸다. 한 마리가 선창하면 대체 어디에 붙어 있는지 눈에 띄지도 않는 매미 떼가 동시에 울어대기 시작했고 그때 처음 깨달았다. 소리가 공간이 될 수도 있다는 걸. 찌르르 울리는 소리에 갇혀 있으면 전기에 오른 듯 쥐가 난 듯 야릇한 기분이었는데 그게 싫지만은 않았다.

날이 더워서 길에 사람이 없었다. 동네 할머니들이 모여 화투를 치거나 참외를 깎아 먹는 정자도 텅 비어 있었다. 온통 매미 소리로 꽉 찬 길을 걷고 있을 때 어디선가 불길한 냄새가 풍겼다. 뭔가 타는 냄새. 나는 본능적으로 걸음을 멈췄다. 그제야 정자 뒤편에 빙 둘러앉은 불량배들이 보였다. 한적한 골목이나 공터에서 교복을 입고 담배를 피우거나 돈을 빼앗는 중학생 형들이었다. 나는 나무 뒤에 몸을 숨겼다. 불량배들이 눈치챌까 겁이 나 일단 숨을 죽이고 상황을 살폈다. 불량배 중 하나가 뭔가를 라이터로 태우고 있었다. 계속 태우는 건 아니고 불을 껐다 켰다 했는데, 다시 불을 켤 때마다 옆에 있는 무리가 킬킬거렸다. 탄내를 풍기는 그것은 너무 작아서 제대로 보이지 않았다.

휘익, 휘리리릭.

어디선가 호루라기 소리가 들렸다.

"짭새다!"

불량배 중 하나가 외치자 무리는 앞다투어 달아났다.

나는 나무 뒤에서 경찰이 나타나기를 기다렸지만 발소리 같은 건 들리지 않았다. 호루라기 소리도 더는 들리지 않았다. 아무도 없는 걸 확인하고 불량배들이 앉아 있던 자리로 슬금슬금 다가갔다.

보도블록 위에 매미가 있었다. 매미는 몸이 뒤집힌 채 바둥거리고 있었다. 바로잡아줄 생각으로 무릎을 구부리다 흠칫 놀라 뒤로 물러섰다. 자세히 보니 까맣게 그을린 날개는 흔적만 겨우 남아 있었고, 몸통과 다리도 대부분 불에 타 오그라든 상태였다. 온전치 못한 몸으로 매미는 마지막 몸부림 중이었다. 삐이. 이명이 울렸다. 또래 중에 잠자리나 개구리를 장난감처럼 가지고 놀다가 함부로 죽이는 아이들도 있었지만, 은우나 나는 개미 한 마리 죽이지 못했다. 생명을 그렇게 다뤄선 안 된다는 감각 때문에 종종 마음이 불편해지곤 했다. 힘겹게 꿈틀거리는 작은 곤충. 빨리 숨통을 끊어주는 게 차라리 고통을 덜어주는 일이라는 걸 알았지만, 그렇다고 아직 살아 있는 생명을 죽이기란 쉽지 않았다.

탁.

 뒤에서 운동화를 신은 발이 튀어나왔다. 발은 망설임 없이 체중을 실어 매미를 밟았고, 그걸로 작은 생명의 고통도 끝이 났다. 나는 놀람과 두려움이 뒤섞인 얼굴로 고개를 들었다. 내 또래 남자아이가 주먹을 꽉 쥐고 서 있었다. 주먹 아래로 길게 늘어진 호루라기가 시계추처럼 흔들리는 걸 바라보다 시선을 조금씩 위로 옮겼다. 쌍꺼풀 없이 커다란 눈과 그 안에 담긴 물기 가득한 눈동자. 아이는 숨을 크게 들이쉰 다음 발꿈치를 바닥에 힘차게 굴렀다. 밑창에 붙어 있던 매미가 늦가을 낙엽처럼 힘없이 떨어졌다. 아이는 납작해진 매미를 잠시 내려다보고 홱 돌아섰다.

 그날 나는 축구를 하러 가는 대신 아이를 따라갔다. 아무 말도 하지 않았는데 우리는 약속이라도 한 것처럼 되돌아가 매미를 땅에 묻어주었고, 그날 이후 우리는 형제나 다름없는 사이가 됐다.

 현기와 처음 만났다고 생각했던 그날이 실은 두 번째였다는 걸 알게 된 지금, 점점 멀어져가는 아홉 살의 나와 현기를 바라보는 마음이 아쉬우면서도 어쩐지 안심이 됐다. 두 꼬마 녀석을 번갈아 보다 아홉 살의 나를 따라갔다. 아홉 살의 나는 신주머니를 빙빙 돌리며 콧노래를 불렀다. 돌아보니 현기도 신주머니를 빙빙 돌리며 제 갈 길을 가고 있었다. 웃음이 나왔다. 그래, 지금이 아니어도 괜찮다. 시간이 조금 걸리긴 하겠지만, 결국 너희 둘은 다시 만날 거니까.

5

아홉 살의 내가 도로 앞에서 멈춰 섰다. 아이는 세심하게 좌우를 살피고 나서 잰걸음으로 길을 건넜다. 어릴 땐 학교 앞 도로가 세상에서 가장 위험한 곳 중 하나였기에 왕복 4차선쯤 됐으려나 생각했는데, 지금 보니 중앙선조차 없는, 어른 걸음으로 성큼성큼 네다섯 번이면 충분한 좁은 차로라는 사실에 나는 조금 당황했다.

아이는 구멍가게 옆으로 난 사잇길로 들어갔다. 은우랑 학교 가는 길에 매일 들러 방부제가 잔뜩 들어간 빵이나 과자, 불량 식품을 사던 곳이었다. 놓칠세라 아이를 따라가면서도 궁금한 마음에 미닫이문 너머로 안을 쓱 훑어봤다. 가게에 딸린 방에서 주인 할머니가 선풍기 앞에 앉아 부채질을 하고 있었다. 기억 속 할머니는 여든쯤 된 노인이었는데 다시 보니 그 정도는 아니었다. 육십대 중후반쯤? 어쩌면 육십대 초반인지도 몰랐다.

"생으로 부숴 먹지 말고 집에 가서 끓여 먹어. 속 베린다."

우리 형제가 라면을 살 때마다 할머니는 무덤덤하게 말했다. 은우와 나는 매번 면을 잘게 부수고 포장을 뜯은 다음 라면수프를 솔솔 뿌려 먹었는데, 왜인지 모르게 라면을 와그작와그작 씹고 있으면 할머니가 한 말이 떠올랐고, 다음 날 또 가게에 들르면 괜히 이것저것 구경하는 척하면서 평소보다 더 오래 머물다 오곤 했다.

간판도 없는 구멍가게 할머니는 내가 초등학교 3학년 2학기를 마칠 무렵 세상을 떠났다. 사망 원인은 연탄가스 중독이었고, 그 시절엔 그런 일들이 종종 있었다. 할머니가 죽고 한동안 가게 문이 닫혀 있었는데, 그 앞을 지날 때마다 걸음을 멈추고 유리문 너머로 안을 들여다봤다. 할머니가 늘 앉아 있던 자리가 비어 있는 걸 보면 라면수프를 한입에 털어 넣은 것처럼 콧속이 찡하고 매워졌다가 불현듯 무서운 생각이 들어 서둘러 돌아섰던 기억이 났다. 할머니에게 남은 시간이 그리 많지 않다는 걸 알고 있는 지금, 선풍기 앞에 한가하게 앉아 있는 할머니를 보자 또 코가 매큼했다.

아이는 샛길만 골라 걸음을 옮겼다. 어릴 땐 미로 같은 골목 구석구석을 훤히 꿰고 있었고, 새로운 지름길이라도 발견하면 친구들을 데리고 다시 찾아갔다. 앞장서서 길을 안내할 때는 낯선 세계로 모험을 떠나는 무리의 대장이 된 기분이었다. 그때의 짜릿함은 아직 남아 있는데…… 분명 집으로 가는 방향이기는 한데…… 기억 속 지도에서 길은 서로 연결되지 못하고 군데군데 끊겨 있었다. 여기서 아이를 놓치면 영영 골목 안에 갇힐 것만 같았다. 누군가 담벼락에 적어둔 낙서와 땅따먹기 놀이를 할 때 바닥에 돌로 그어둔 희미한 금, 갈라진 벽 틈새를 비집고 나온 나팔꽃, 보도블록 위에서 반짝이는 깨진 구슬 조각……. 오랫동안 잊고 있던 풍경들을 눈에 담으며 나는 부지런히 아이 뒤를 쫓아갔다.

얼마나 걸었을까. 눈에 익은 간판이 나왔다.

모차르트피아노학원.

효자태권도.

용궁목욕탕.

장수약국.

뽀빠이전파사.

싱싱정육점.

따로 간판을 걸지 않고 유리 벽에 페인트로 쌀, 석유, 얼음 같은 단어를 적어둔 가게들…….

매일 지나다니는 길이 분명한데도 아이는 모든 것을 흥미로운 눈으로 바라봤다. 비디오 대여점 앞에서 새로 들어온 영화 목록을 살폈고, 몇 걸음 가다 다시 멈춰 서서 분식집 앞에 놓인 슬러시 기계를 구경했다. 아이는 시계방도, 구두 수선소도 그냥 지나치지 않았다. 그랬지. 저 나이 때는 뭐든 신기하고 재미있었지. 궁금한 것도 참 많았지.

여인숙이라는 여자는 대체 얼마나 유명하기에 여기저기 크게 이름을 써두었을까.

철학관은 할아버지들이 장기를 두는 곳일까.

단란주점은 정답게 사는 가족만 들어갈 수 있는 곳일까.

간판을 보고도 대체 뭘 하는 곳인지 몰랐던 시절도 있었는데, 그걸 이해하게 된 건 내가 몇 살 때쯤이었나. 기억을 더듬다 벽도, 출입문도, 입구에 걸어둔 등도, 온통 붉은색인 가게를 발견했다. 그땐 동네마다 중국집이 참 많았는데, 이 구역에서 우리 식구가 최고로 꼽은 곳이 바로 여기 구룡성이었다. 간판 위에 올린 황금색 용이 승천하는 목각상은 늘 우리 마음을 사로잡았다. 무엇보다 짜장면이 냄새부터 맛있었는데, 주방에서 흘러나온 냄새에 식욕이 한계치에 도달할 즈음 김이 모락모락 피어오르고 기름이 반지르르 흐르는 음식이 테이블에 세팅됐다.

아홉 살의 내가 구룡성 앞을 지나며 코를 킁킁거렸다. 나도 아이처럼 코를 킁킁거렸다. 달콤하고도 짭짤한 춘장 소스와 고소한 기름 냄새가 뒤섞여 혀 밑에 침이 고여들었다. 더는 맡을 수 없는 냄새. 어릴 적 살던 동네가 허물어지고 그 자리에 아파트가 들어선 지 오래였다. 어쩌다 근처를 지날 때면 나는 뭔가를 잃어버린 사람처럼 멍하니 주변을 둘러보곤 했다.

집 근처에 이르자 군데군데 끊겨 있던 기억 속 지도가 차츰 연결됐다.

학교 정문에서 길을 건너면 주택가가 나오고, 미로 같은 골목을 빠져나가면 학원과 병원, 각종 상점이 들어선 큰길이 이어지는데, 그 길 끝에서 오른쪽으로 가면 재래시장이, 왼쪽으로 가면 상가와 빌라가 뒤섞인 구역이 나왔다. 우리 집은 왼쪽 길로 꺾으면 바로 나오는 상가 2층에 있었다.

아이를 따라 왼쪽 길로 들어서자 익숙한 건물이 보였다. 지하는 당구장, 1층은 미용실과 식당, 2층과 3층은 가정집. 2층은 세입자가 살고, 3층은 건물 주인인 노부부가 살던 곳. 해마다 여름이면 주인집 할머니가 옥상에 심어둔 옥수수가 하늘을 찌를 듯 곧게 뻗어 있던 곳. 건물 앞에 세워둔 보라색 입간판에 뭐라고 쓰여 있는지는 확인하지 않아도 알 수 있었다.

퀸미용실.

지금 저 안에 엄마가 있다.

6

 아빠가 바다에서 사라지고, 얼마 뒤 우리는 상가 2층으로 이사했다. 그 전에는 학교 후문 근처에서 네 식구가 살았는데 기억나는 건 거의 없다.
 상가 2층에 이사 왔을 무렵의 일도 드문드문 남아 있다. 엄마와 가장 친한 민호 이모가 들렀던 기억이 제일 또렷하다. 초등학교 선생님이었던 민호 이모는 퇴근 후 종종 우리 집에 와서 밥을 해주곤 했다. 이모가 오면 부엌에서 경쾌한 도마질 소리가 들리고, 보글보글 찌개가 끓고, 압력솥이 김을 뿜었다. 이모는 우리가 먹을 음식을 냉장고에 가득 채워 넣고 밤늦게 이모 집으로 돌아갔다.
 할머니도 가끔 다녀갔다.
 "그러게 아부지가 첨부터 그놈은 안 된다고 했잖냐. 말

안 듣고 멋대로 살림 차리더니 꼴좋다."

할머니가 잔소리를 늘어놓기 시작하면 엄마는 방으로 들어가 문을 닫았다. 괜히 기가 죽은 은우와 나는 거실 구석에서 발가락만 꼼지락거렸다. 할머니는 그런 우리를 쳐다보며 어이구 어이구, 하고 주먹으로 가슴을 치다 돌아갔다.

할아버지가 찾아온 날도 있었다.

미용실을 둘러보고 집에 올라온 할아버지는 중절모를 쓴 채로 뒷짐 지고 서서 아무 말도 하지 않았다. 엄마랑 눈도 마주치지 않고 그저 집을 쓱 둘러보더니 금세 구두를 꿰신었다. 집과 미용실을 얻어 준 사람은 할아버지였다. 오랫동안 미용실에서 직원으로 일했던 엄마는 할아버지 덕분에 원장님이 될 수 있었다. 바로 위층에 살림집이 있으니 혼자 아이를 키우며 일하기에 더없이 좋은 환경이었다.

"아버지, 저녁이라도 잡숫고 가세요."

"일없다."

기세에 눌린 엄마가 고개를 푹 숙이고 옆으로 비켜섰다. 어쩔 줄 몰라 하며 1층까지 따라 내려간 엄마는 할아버지가 저만큼 멀어지고 난 뒤에야 생각난 듯 큰 소리로 외쳤다.

"아버지, 머리 자르러 한번 오세요! 꼭이요!"

하지만 그날 이후 할아버지는 단 한 번도 우리 집에 발을 들이지 않았다.

건물은 남서쪽을 향해 있어 쌀쌀한 계절이면 오후에 실내로 네모난 빛이 길게 들어왔다.

나는 수업이 끝나고 집에 가면 먼저 미용실에 들르곤 했는데, 소파 위로 노란 햇빛이 이불처럼 펼쳐져 있을 때 거기 앉아 엄마가 일하는 걸 구경했다. 나는 엄마가 로드로 머리를 말 때보다 허리춤에 가위집이 달린 벨트를 두르고 사락사락 가위질하는 모습이 더 좋았다. 엄마는 가위를 손에 쥐면 제일 먼저 엄마만의 신성한 의식을 치렀다. 가위 손잡이에서 엄지를 부드럽게 빼며 약지만으로 가위를 한 바퀴 돌리고, 다시 엄지를 정확하게 손잡이에 끼운 다음 가윗날을 크게 벌렸다 오므리며 사각, 하는 시원한 소리를 내는 거였다. 머리카락을 자르다 잠시 빗질을 한 뒤에도 엄마는 가위를 빙글 돌렸고, 나는 나른한 햇살 속에서 숨을 죽이고 앉아 그 순간이 오기만 기다렸다.

나중에 현기랑 친구가 되고 집에 데려왔을 때 엄마는 나와 현기, 은우까지 셋 다 똑같은 모양으로 머리를 잘라줬다. 얼굴에 붙은 머리카락까지 깨끗이 털어주고 엄마는 우리 셋을 미용실 소파에 쪼르르 앉게 한 다음 카메라를 들었다.

"그러고 있으니까 너희 꼭 삼 형제 같다. 못난이 삼 형제."

은우가 먼저 웃음을 터뜨렸고 현기랑 나도 마주 보고 키득거렸다. 카메라 아래로 드러난 엄마의 입술도 환하게 벌어져 있었다.

찰칵.

그날 찍은 사진은 우리 집 냉장고에 오랫동안 붙어 있었다. 엄마랑 은우가 죽기 전까지 아주 오랫동안.

엄마의 가위질은 빠르면서도 섬세해서 머리카락을 자르는 게 아니라 가위로 그림을 그리는 것처럼 보였다. 엄마가 죽고 난 뒤에 엄마만의 신성한 의식과, 가윗날이 사각거리는 소리와, 잘린 머리칼이 민들레 씨앗처럼 흩날리던 순간들이 떠오를 때면 나는 텅 빈 우주 속에 혼자 떠 있는 기분이었다.

그런데 지금.

눈앞에 엄마가 있다.

퀸미용실 유리 벽 너머에 엄마가 있다.

노련한 손놀림으로 가위질을 하다 아홉 살의 나를 발견

하고 활짝 웃는 엄마가, 손을 흔들어 인사하는 대신 가위를 한 바퀴 빙글 돌리는 젊은 날의 엄마가 있다.

7

댕그랑.

미용실 출입문이 열리자 맑고 부드러운 종소리가 울렸다.

엄마.

나도 모르게 소리 내어 엄마를 불렀다. 다 부르기도 전에 목구멍이 뜨거워졌다. 엄마는 내 목소리를 들을 수도, 나를 볼 수도 없었다. 대신 아홉 살의 나를 보며 빙긋 웃었다. 엄마는 빠른 눈짓으로 소파에 앉아 차례를 기다리는 손님 둘을 가리켰다.

"오늘 좀 늦게 끝날 거야. 동생 숙제 좀 봐주고, 배고프면 먼저 밥 먹어."

"오늘 방학식 해서 숙제 없는데?"

"아, 오늘이었나? 숙제가 없긴 왜 없어, 방학 숙제 해야지!"

"에에……."

아이가 눈동자를 위로 올리고 혀를 길게 내밀었다. 집에 올라가라고 고갯짓하던 엄마가 이내 얼굴을 찌푸렸다.

"으이구, 너는 옷이 그게 뭐니? 쓱쓱 비누칠해서 물에 담가놔."

아이가 입은 하얀색 티셔츠 앞자락에 쑥빛 얼룩이 있었다. 이끼가 잔뜩 낀 분수대 물을 퍼 나르며 제 옷을 더 많이 적시고도 신이 나서 뛰어다니던 녀석. 아이가 킥킥 웃으며 미용실 밖으로 나왔다. 나는 두 눈 가득 엄마를 담아두고 아이를 따라갔다. 아이는 계단을 두 칸씩 밟으며 집으로 올라갔다. 갈수록 쿰쿰한 시멘트 냄새가 짙어졌다. 당구장에서 올라오는 게 분명한 담배 냄새와 미용실에서 새어 나왔을 약품 냄새도 은근하게 풍겼다. 내가 어른이 되고도 가끔 기억 속에서 맡던 냄새였다.

아이가 가방에서 열쇠를 꺼내 현관문을 열었다. 안으로 들어가자 거실 소파에 반쯤 누워 텔레비전을 보는 은우가 눈에 들어왔다. 2월생이라 일곱 살에 초등학교 1학년이 된 은우는 슈퍼히어로 캡틴이 등장하는 만화영화에 푹 빠져 있었다.

"도은우, 방학 숙제는 잘 받아 적어 왔어?"

아이가 묻자 은우는 성의 없이 응, 했다. 아이는 티셔츠를 훌렁 벗고 얼룩진 부분에 비누칠한 뒤 물에 담가두고 샤워를 했다. 그동안 나는 은우 옆에 앉아 녀석을 물끄러미 바라봤다.

하얀 피부.

길고 가느다란 눈매.

콧방울이 좁고 입술이 얇아 예민해 보이지만 속은 여리고 눈물도 많은 녀석.

어릴 땐 몰랐는데 지금 보니 은우는 영락없이 엄마 판박이였다. 내가 아홉 살이었을 때는 동생 얼굴을 이렇게 자세히 본 적이 없었을 거라는 생각을 하자 기분이 좀 이상해졌다. 우리가 우리의 미래를 알았더라면 매일 서로의 얼굴을 더 오래 바라봤을까. 등을 구부리고 더 자세히 보려는 찰나 은우가 소파에서 벌떡 일어났다.

"캡틴, 변신!"

은우는 텔레비전에서 시선을 떼지 않은 채 절도 있는 동작으로 주인공을 따라 움직였다. 시큰해지려던 감정이 쏙 들어가고 웃음이 터졌다. 변신이 끝나자 은우는 도로 소파에 누웠다. 몸을 돌려 소파 등받이에 다리를 기대고, 엉덩이를 내려놓아야 할 자리에 등을 붙이고, 머리를 아래로 축 늘어뜨리며 누운 은우는 얼굴에 피가 쏠려 꼭 잘 익은 토마토 같았다.

"도은우, 네가 박쥐라도 되냐?"

수건으로 젖은 머리카락을 탈탈 털어내며 아이가 말했다.

"형, 이렇게 보니까 더 재밌다!"

은우를 한심하게 바라보던 아이는 재밌다는 말에 수건을 팽개치고 소파로 달려왔다. 아이는 소파로 깡충 뛰어올라 은우와 똑같은 자세로 눕더니 이내 눈이 동그래졌다.

"어? 진짜네?"

그 말을 듣자 나도 궁금해졌다. 박쥐처럼 거꾸로 텔레비전을 보는 형제 옆으로 다가가 슬그머니 같은 자세로 누웠다. 어라, 진짜네.

일곱 살 은우 옆에 아홉 살의 나, 그 옆에 서른아홉 살의 내가 나란히 누워 텔레비전을 봤다. 악마 군단의 만행에 다 같이 주먹을 불끈 쥐고, 캡틴의 활약에 다 같이 가슴을 쓸어내리고, 주제가가 흘러나올 땐 다 같이 노래하면서 우리는 나란히 누워 있었다.

8

"엄마 왔다."

아이와 은우가 시합이라도 하듯 현관으로 달려갔다. 말라붙은 청포묵처럼 파리한 얼굴을 하고 엄마가 손에 든 비닐봉지를 내밀었다. 소주 한 병, 새우깡, 죠스바 두 개. 아이가 비닐봉지를 들고 식탁으로 가 술상을 차렸다. 술잔을 꺼내고, 새우깡 봉지를 뜯고, 냉장고에서 마른반찬을 꺼내 접시에 가지런히 담았다.

"너희들 이제 미미분식 가지 마."

식탁 의자에 털썩 앉으며 엄마가 말했다. 엄중한 목소리와는 다소 거리가 있는, 초등학생이나 할 법한 말 때문에 나는 웃음이 나왔다.

"왜? 미미분식 떡볶이 맛있는데."

파랗게 물든 입술로 아이스바를 핥으며 은우가 물었다.

"이제 저쪽 시장 가서 사 먹어."

엄마는 잔에 술을 가득 따른 다음 한 번에 삼켰다.

"나쁜 여편네. 지난번에는 파마가 잘 안 나왔다면서 2000원 덜 주더니 오늘은 머리카락을 너무 짧게 잘랐다면서 2000원 덜 주잖아. 아주 상습범이야."

소주를 한 잔 더 삼키고 엄마는 새우깡을 한 움큼 집어 입에 넣고 우적우적 씹었다. 볼이 복어처럼 부푼 엄마를 보던 은우가 새우깡을 입에 잔뜩 넣고 힘겹게 아래턱을 움직였다.

"엄마도 똑같이 하면 되지."

은우가 입을 움직일 때마다 새우깡 부스러기가 우수수 떨어졌다.

"어떻게?"

"엄마도 미미분식 가서 떡볶이 사 먹고 맛없다면서 200원 덜 주면 되잖아."

"아들아, 넌 2000원 뜯기고 200원 찾아오면 분이 풀리겠니?"

"아……."

입 다물라는 말 대신 엄마는 은우 입에 과자를 쑤셔 넣었다.

"이게 다 밑 저 자 때문이지."

엄마가 말인지 한숨인지 모를 것을 입술 사이로 흘렸다. 아홉 살의 나와 일곱 살의 은우는 입을 꾹 다물고 엄마 눈치를 살폈다. 잠시 침묵이 흘렀다. 아이가 조심스럽게 빈 잔에 술을 채웠고, 은우가 엄마 옆에 바짝 붙어 서서 어깨를 토닥였다. 무슨 생각을 하는 건지 엄마는 점점 울 것 같은 얼굴을 했다. 그러다 뭔가를 꿀꺽 삼키고 엄마는 푸, 하고 입술 사이로 숨을 길게 내뿜었다.

"너희들 오늘 방학 시작했다며?"

그 말에 은우가 반색하며 엄마 목에 팔을 두르고 깡충거렸다.

"이제 해방이야! 자유야!"

"그렇게 좋아?"

피식 웃던 엄마가 팔을 쭉 뻗더니 은우를 품에 꽉 끌어안았다. 서른아홉의 눈으로 본 탓이었을까. 그 모습이 마치 엄마가 삶을 꽉 붙잡으려는 것처럼 보였다.

"엄마, 우리 방학에 어디 가?"

"우리 은우, 어디 가고 싶은데?"

"바다!"

순간 엄마 얼굴에서 모든 표정이 사라졌다.

"김상진네는 바다 간단 말이야. 최동규네도. 가서 방게 100마리 잡을 거라고 했단 말이야."

투덜거리던 은우는 엄마 얼굴이 차갑게 변한 걸 깨닫고 말끝을 흐렸다. 엄마가 은우 어깨에 손을 얹었다.

"은우, 엄마가 바다는 어떤 곳이라고 했지?"

"……위험한 곳."

은우가 마지못해 대답했다.

"그렇지? 엄마가 바다는 아름답지만 위험한 곳이라고 했지?"

목소리를 부드럽게 풀면서 엄마가 말을 이었다.

"아빠는 프리다이빙 선수였어. 물속에서 돌고래처럼 헤엄치는 훌륭한 선수였는데도 바다가……."

"아니야! 아빠는……."

은우가 다음 말을 잇기 전에 엄마가 양손으로 은우 어깨를 힘껏 눌렀다. 엄마는 은우의 두 눈을 똑바로 바라보며 한 음절, 한 음절 또렷하게 말했다.

"그건 네가 꿈을 꾼 거야. 나쁜 꿈은 빨리 잊어야 해."

거실.

주방.

욕실 하나.

침실 하나.

공부방 하나.

지금 보니 참 작은 집이었다. 성큼성큼 몇 걸음이면 금방 거실에서 주방이었고, 공부방은 책상 두 개와 의자 두 개를 들여놓은 걸로 공간이 꽉 찼다. 이 작은 집에서 어린 은우와 나는 술래잡기도 하고 슈퍼히어로와 악당 흉내를 내며 구석구석 뛰어다녔다. 해마다 여름이면 욕실은 워터파크나 다름없었으며 밤의 침실은 캠핑장이었다.

엄마가 눈을 가늘게 뜨고 주변에 모기가 있는지 찬찬히 살폈다. 불청객이 없는 걸 확인하고 엄마가 은우와 아이에게 손짓했다. 모기장 한쪽을 들어 작은 통로를 만들어주자 은우와 아이가 안으로 기어들었다. 엄마는 재빨리 입구를 막고 한 번 더 주변을 둘러본 다음 모기장 안으로 들어갔다.

선풍기가 회전할 때마다 푸른색 모기장이 바다처럼 출렁거렸다.

"엄마."

"으응?"

은우가 머리를 벅벅 긁으며 엄마 쪽으로 돌아누웠다. 녀석은 졸릴 때 머리를 긁는 습관이 있었다.

"엄마, 재밌는 얘기해줘."

"재밌는 얘기?"

엄마는 벌써 하품을 하면서 눈을 천천히 끔벅거렸다.

"응, 완전 재밌는 얘기."

"완전 재밌는 얘기? 그래! 아까 낮에 치킨집 아줌마랑 세탁소집 아줌마랑……."

"아니이, 그런 거 말고오, 지인짜 재밌는 얘기이!"

엄마의 장난에 속아 넘어간 은우가 허공에 발을 굴렀다. 옆에서 킥킥 웃던 아홉 살의 내가 갑자기 허탈한 표정으로 한숨을 내쉬었다.

"엄마."

엄마가 아이를 돌아봤다.

"응?"

"우리……."

"으응."

"불 안 껐다."

"하아."

엄마와 은우가 동시에 탄식했다.

"뭘로 정할까? 가위바위보?"

"좋아. 안 내면 술래 가위바위보!"

엄마는 보자기, 아이는 가위. 손 하나가 모자랐다. 은우는 눈을 꾹 감고 자는 척하는 중이었다.

"야, 도은우, 안 내고 뭐 해?"

"나는 잠들어서 가위바위보 못 해."

엄마랑 아이가 어이없는 얼굴로 마주 봤다. 엄마가 애써 웃음을 참으며 말했다.

"그럼 우리 은우, 말은 어떻게 하는 거야?"

"응, 이건 잠꼬대야."

자는 척하는 은우의 입술이 씰룩거렸다.

"은우는 잠들었으니까 불을 끌 수 없고…… 가위바위보는 엄마가 이겼으니까…… 그럼 형우가 꺼야겠네."

"엄마는 보, 나는 가위였는데?"

아이가 억울한 표정으로 따져봤지만 엄마는 고치처럼 몸을 말고 잠든 척했다.

그랬지. 우리 이렇게 매일 함께 잠들었지.

이렇게 함께 떠들고, 장난치고, 낄낄거리면서.

아이가 툴툴거리며 모기장 밖으로 기어 나와 불을 끄고 다시 안으로 들어갔다. 어둠 속에서 은우가 말했다.

"엄마, 이제 진짜 재밌는 얘기해줘."

"우리 은우, 지금도 잠꼬대하는 거야?"

"응, 나 계속 꿈속에서 말하는 거야."

"그래, 그럼 꿈꾸면서 들어. 아빠가 바다에서 거북이 만난 얘기해준 거, 기억나? 기억 안 나지? 옛날에 아빠가……."

누가 먼저 곯아떨어졌는지 모르게 세 사람은 곤히 잠들었다. 숨소리가 서로 다른데 묘하게 어우러져서 가만히 듣고 있으니 마음이 편안했다. 활짝 열어둔 창문으로 가로등 불빛이 흘러 들어왔다. 선풍기가 회전할 때마다 엄마, 은우, 아이, 다시 아이, 은우, 엄마 순서로 머리칼이 흩날리는 게 보였다. 멀리서 매미 울음소리가 들렸다.

나는 지금 긴 꿈을 꾸고 있는 걸까. 이게 꿈이라면 깨고 싶지 않았다. 엄마랑 은우랑 다 같이 하루를 산 기분이었다. 그게 좋았다. 그게 좋아서 겁이 났다. 엄마와 은우의 미래를 알고 있기에 더 겁이 났다.

엄마가 깊이 잠든 걸 확인한 다음 나도 안에 들어가려고 슬며시 모기장을 잡았다. 까끌까끌한 감촉이 느껴지면서도 손은 그대로 모기장을 통과했다. 어라. 나는 다시 모기장을 잡으려고 시도했다. 이번에도 손은 모기장을 가볍게 통과했다. 잠시 망설이다 눈을 질끈 감고 촘촘한 그물망을 통과했다. 눈을 떴을 때 나는 모기장 안이었다. 내가 마치 홀로그램이 된 기분이었다. 이불을 걷어차고 잠이 든 은우를 바라보다 그 작은 머리통에 손을 얹었다. 보드라운 머리카락이 닿는 동시에 손은 그대로 은우의 몸을 통과했다. 아홉 살의 나도 마찬가지였다. 잠든 나를 바라봤다. 손이 이렇게나 작았다니. 아홉 살의 나는 믿기지 않을 만큼 작은 손으로 야무지게 손빨래하고 술상을 차렸다. 분명 내가 살았던 시간인데, 어른의 눈으로 다시 보니 그 익숙한 행동들이 마음에 걸렸다.

"아니, 그게 아니라……."

잠꼬대를 내뱉으며 엄마가 몸을 뒤척였다. 엄마에게서 옅은 소주 냄새가 났다. 자고 있는데도 엄마는 피로해 보였다. 이따금 미간을 찌푸리기도 했다. 지금의 나보다 어린 엄마. 나보다 열 살이나 어린 스물아홉 살의 엄마. 혼자 우리를 키우면서 엄마도 무서운 게 많았겠지. 지칠 대로 지쳐서 다 내려놓고 싶은 날도 있었겠지.

미용실에 진상 손님이 오면 엄마는 대개 비위를 맞추려고 노력했는데, 한번은 참지 못하고 싸운 날이 있었다. 미용실 소파에 앉아 나른한 햇살 이불을 덮고 깜빡 졸던 나는 갑작스러운 소란에 눈을 떴다. 조느라 싸움의 발단은 놓쳤지만 가끔 있었던 사사로운 싸움과는 분위기가 다르다는 걸 금방 알 수 있었다. 게다가 상대는 거칠기로 소문난 싱싱정육점 아줌마였다. 가끔 정육점 앞을 지날 때면 아줌마가 누군가와 싸우는 모습을 볼 수 있었는데, 그때마다 아줌마 손에는 네모난 식칼이나 날 끝이 버선코처럼 올라간 무시무시한 칼이 들려 있었다. 잠이 확 달아난 나는 겁에 질려 칼만큼이나 날카로운 말들이 오가는 걸 지켜봤다. 그러다 정육점 아줌마 입에서 나와서는 안 될 말이 나오고 말았다.

"어디서 남편 잡아먹은 게 굴러들어 와서는……."

"뭐? 야! 너 말 다 했어?"

"야아? 너어? 머리에 피도 안 마른 게. 야! 너 몇 살이야?"

어릴 때 지켜본 어른들 싸움은 대개 이런 식이었다. 논점에서 벗어나 지갑에서 주민등록증을 꺼내는 것으로 전개되는 것. 하지만 정육점 아줌마는 주민등록증을 꺼낼 필요 없이 겉으로 보기에 엄마보다 열 살은 더 많아 보였다. 키는 작아도 단단한 어깨와 다리를 가진 정육점 아줌마가 한 대 칠 기세로 엄마를 구석에 몰아붙였다. 발꿈치가 벽에 닿아 더 물러날 곳이 없어진 엄마는 손에 가위를 꼭 쥐었다.

"왜, 찌르게?"

정육점 아줌마가 코웃음 치면서 엄마 쪽으로 목을 내밀었다.

"어디 찔러봐."

머리에 로드를 만 다른 손님들이 뒤로 슬금슬금 물러나면서 한마디씩 던졌다.

"진호 엄마, 왜 그래. 진정해, 응?"

"형우 엄마도 그, 그 가위는 좀 내려놓고."

엄마 손이 떨리는 걸 놓치지 않고 정육점 아줌마가 재빠르게 가위를 낚아챘다.

"요 가느다란 머리카락 자르는 너랑, 돼지 등뼈 썰어대는 나랑, 상대가 될 것 같니? 발라 먹을 것도 없는 닭 모가지 같은 게 어디서 까불어?"

정육점 아줌마가 삿대질하며 큰 소리를 쳤다. 아줌마 손끝에서 가윗날이 반짝였다. 그때 어디서 그런 용기가 났을까. 나는 정육점 아줌마에게 달려들어 팔뚝을 깨문 다음, 양팔을 크게 벌리고 엄마 앞에 섰다. 작지만 단단한 방패처럼.

"우리 엄마 건들기만 해봐. 내가 죽여버릴 거야!"

시간이 지난 뒤에도 종종 엄마는 그날 얘기를 꺼냈다.

"우리 아들! 이쁜 내 새끼! 그때 정육점 여자 표정이란…… 엄마는 아직도 소화 안 될 때면 그 표정을 떠올려.

그게 내 활명수야!"

해가 갈수록 이야기는 점점 '다윗과 골리앗' 수준으로 과장이 더해졌지만, 그래도 엄마가 웃는 건 보기 좋았다. 엄마가 웃는 걸 보면 안심이 됐다. 어린 나에게 엄마는 늘 불안한 존재였다. 아빠처럼 잃어버리지 않게 내가 지켜야 할 존재.

서른아홉 살이 되어 스물아홉 살의 엄마를 보니 엄마가 이름 탓을 하면서도 그걸 바꾸지 않은 이유를 알 것 같았다. 바꿨는데도 뜻대로 풀리지 않으면 엄마에겐 더 이상 탓할 게 없어질 테니까. 누구 탓도 할 수 없으니 엄마는 이름 탓이라도 해야 했는지 몰랐다.

잠든 엄마의 동그란 이마, 아래로 가지런히 뻗은 속눈썹, 작지만 또렷한 콧날과 얇은 입술을 찬찬히 눈에 담았다. 어느샌가 매미 울음소리가 사라졌다. 고요 속에서 가늘고 긴 숨소리가 더 선명하게 들렸다. 나는 엄마 손에 내 손을 가만히 가져다 댔다. 통과하지 않을 만큼, 닿을 듯 말 듯 엄마 손을 잡은 다음 엄마 속도에 맞춰 숨을 들이마시고 내쉬었다.

천천히 들이마시고.

길게 내쉬고.

들이마시고.

내쉬고.

잠든 엄마 얼굴을 바라보는데 자꾸만 눈꺼풀이 내려앉았다. 선풍기 바람이 얼굴을 스치고 지나갈 때 내가 깜빡 잠이 들었다는 걸 깨달았다.

무거운 눈꺼풀을 밀어내고 엄마를 보다가…….

스르르 눈이 감겼다가…….

간지러운 바람에 눈을 떴다가…….

엄마를 보다가…….

웃다가…….

나는 잠이 들었다.

더 깊은 잠 속으로 가라앉았다.

천천히.

천천히.

1

뺨 위로 바람이 지나갔다.

간지러운 기분에 발가락을 꼼지락거렸다. 눈꺼풀 너머로 부드러운 빛이 느껴졌다.

엄마 옆에서 자는 동안 달콤한 꿈이라도 꾼 걸까. 맛있는 음식을 먹은 것처럼 배가 따뜻하고 기분 좋아서 나는 눈을 감은 채 입맛을 다셨다.

엄마는 벌써 일어났나.

좀 더 누워서 게으름을 부리고 싶었지만, 그보다는 엄마가 보고 싶어 천천히 눈을 떴다. 벌어진 눈꺼풀 사이로 어떤 무늬도 없이 그저 고운 입자로만 이루어진 파란빛이 쏟아졌다. 눈이 시렸다. 자리에서 일어나려다 바닥이 출렁거리는 바람에 잠시 균형을 잃었다. 나는…… 해먹에 누워 있었다.

눈앞에 펼쳐진 하늘과 바다와 모래사장을 바라봤다. 여기는, 어딘지 모를 그 바닷가였다.

아직 꿈을 꾸고 있는 걸까.

엄마를 만난 건 꿈속의 꿈이었을까.

아직도 코끝에선 엄마 냄새가 느껴졌다. 작별 인사도 못 했는데. 한번 꽉 안아주고 싶었는데. 은우도, 아홉 살의 나도 한 번씩 안아주고 싶었는데.

엄마.

나는 아홉 살로 돌아간 것처럼 서럽게 울었다. 하늘은 파랗고, 바다는 아름답고, 바람은 부드러워서 더 서러웠다. 엄마, 엄마······.

"저기······."

갑자기 끼어든 목소리에 섧은 마음이 흩어졌다. 여기엔 나 말고 아무도 없는 줄 알았는데. 나는 황급히 눈물을 닦고 고개를 돌렸다.

"나예요."

아래턱에 힘이 풀리면서 저절로 입이 벌어졌다. 말이 나오지 않았다. 하얀 러닝셔츠에 청색 체크무늬 사각팬티를 입은 아이. 아홉 살의 나였다.

"이젠 내가 보여?"

"네?"

"아니, 어제는…… 아니다. 지금 그게 문제가 아니라, 네가 왜…… 어떻게 여길……."

"몰라요. 자고 일어났더니 여기였어요."

아이가 가리키는 곳을 보니 옆에 있는 야자수에 작은 해먹이 걸려 있었다. 분명 어제는 없던 거였다. 대체 이게 다 무슨 일일까. 꿈이라면 어디부터 어디까지가 꿈인지 알 수 없었다. 아이를 보고 나는 거의 충격에 빠졌는데, 아이의 얼굴에선 당혹감이라든가 두려움이라든가 하는 것들이 전혀 느껴지지 않았다. 오히려 나보다 이곳에 더 익숙한 사람 같았다.

"그런데 너, 내가 누군지 알아?"

"알아요. 아저씨가 누구냐면……."

아이가 말을 멈추더니 씩 웃었다.

"나요."

"그걸 어떻게 알아?"

"몰라요. 그냥 알아요."

아이가 주변을 쓱 돌아봤다.

"여긴 어디예요?"

"여기는…… 나도 잘 몰라. 어제 잠에서 깨고 보니 여기였어."

나는 내가 어떤 식으로 잠이 들었는지에 대한 설명은 빼고 말했다.

"어딘지 몰라도 나 여기가 좋아요!"

아이는 지금 이 말도 안 되는 상황이 그저 신기하고 재밌는 모양이었다. 마치 스티븐 스필버그의 〈어메이징 스토리〉 주인공이 된 것처럼.

"근데, 아저씬 몇 살이에요?"

서른아홉, 이라고 말하려다 문득 아홉 살짜리 아이에게 서른아홉이라는 나이는 100살만큼이나 멀고 비현실적일 거란 생각이 들었다. 조금이라도 줄여서 서른일곱이라고 말해야 하나. 만 나이로 따지면 너도 이제 겨우 일곱 살이라고. 일곱 살이라고 생각하니 왠지 셔츠 단추도 잠가주고, 운동화 끈도 묶어줘야 할 것만 같았다. 이 나이 때의 내가 동생 숙제도 봐주고 밥도 챙겨줬다는 게 거짓말 같았다. 서른아홉 살의 눈으로 아홉 살의 나를 마주 보니 돌봄이 필요한 어린애에 불과했다.

"서른아홉."

"히익, 서른아홉? 진짜 많다!"

아이가 내 손에 자기 손을 가만히 포갰다. 이제 아이의 손은 나를 통과하지 않고 온전히 맞닿았다. 작은 손바닥 안에 내 것과 똑같은 체온이 머물고 있었다.

"와, 손도 진짜 크다! 키도 커요? 일어나봐요."

아이가 내 손을 잡아끌었다. 아슬아슬 균형을 잡으며 바닥에 내려오자 아이는 잽싸게 내 뒤에 가서 등을 맞대고 섰다. 손바닥을 정수리에 올려 키를 표시한 다음 빙그르르 몸을 돌려서 얼마나 차이가 나는지 확인했다.

"와아!"

아이는 어른이 된 내가 썩 마음에 드는지 입을 크게 벌리고 웃었다.

"그런데요, 나 오늘부터 방학인데요."

"응, 그랬지."

"방학이니까……."

아이가 망설이면서 먼 곳을 바라봤다. 무슨 말을 하려는 걸까.

"저쪽 바다 가서 놀아도 돼요?"

아이가 나인데도 그런 말이 나올 줄은 상상조차 하지 못했다. 바다를 바라봤다. 긴장감이라고는 조금도 느껴지지 않는 얕고 잔잔하고 투명한 바다였다. 웃음이 나와서 대답 대신 고개만 끄덕였다. 아이는 맨발로 바다를 향해 달려갔다. 나는 바닥을 살폈다. 작은 해먹이 걸린 야자수 아래 빨간색 플립플롭이 놓여 있었다. 사이즈를 보니 아이 발에 딱 맞을 것 같았다. 나는 내 해먹 아래 놓인 플립플롭을 꿰신고, 한 손에 아이에게 줄 신발을 쥔 채 바다를 향해 달렸다. 아홉 살의 나에겐 신나는 여름방학 첫날이 시작된 셈이었다.

2

"근데 여기에 진짜 아저씨랑 나밖에 없어요?"

알몸으로 선베드에 누운 아이가 수시로 좌우를 살폈다. 키가 작은 아이는 비치 타월을 목부터 발목까지 이불처럼 덮고 있었다. 비치 타월엔 서핑하는 사람들이 프린팅돼 있었는데, 아이가 움직일 때마다 물결이 솟구치고 서퍼들이 파도를 타는 것처럼 보였다. 나란히 놓인 선베드에 나도 알몸으로 누워 있었다. 내가 덮은 비치 타월엔 비키니를 입은 여성이 챙이 커다란 모자를 쓰고 있었다.

"아마도."

선베드 앞자리엔 우리가 입고 있던 옷이 펼쳐져 있었다. 바다에서 한바탕 노느라 옷이 다 젖어버렸는데, 볕이 뜨겁고 바람이 시원해서 벌써 거의 다 마른 것처럼 보였다. 금방이라도 녹아내릴 듯 뜨겁게 타오르는 태양을 바라보다 문득 깨달았다. 잠에서 깨어나서 한참 동안 물놀이를 했는데, 해가 떠 있는 위치가 조금도 변하지 않은 것 같았다. 불꽃놀이를 연상시키는 야자수 그림자도 그대로였다. 이곳은 시간이 흐르지 않는 걸까.

"여기 우리밖에 없으면…… 이거 다 우리 거예요?"

네가 모르는 걸 내가 답해줄 수 있다면 얼마나 좋을까.

"음, 글쎄……."

안타까운 마음에 힐금 옆자리를 보니 아이 시선이 테이블에 놓인 오렌지주스에 닿아 있었다.

"목말라?"

아이가 주스에서 눈을 떼지 않고 고개를 끄덕였다.

낮은 둑 앞에서 우리는 걸음을 멈췄다. 길바닥에 납작 엎드린 두 개의 그림자가 크기만 다를 뿐 서로 닮아 있었다. 흰색 상의에 청색 체크무늬 하의, 거기에 빨간색 플립플롭까지. 누가 보면 일부러 옷을 비슷하게 맞춰 입은 부자지간으로 생각할지도 몰랐다.

바다를 앞에 놓고 볼 때, 해먹이 걸린 곳에서 왼쪽으로 가면 파라솔이 모여 있었고, 오른쪽으로 가면 야자수가 이어졌다. 처음 내가 이곳에 왔을 때 길은 왼쪽 아니면 오른쪽뿐이었던 것 같은데, 오늘 다시 보니 또 다른 길이 있었다. 바다를 등지고 쭉 직진하는 길. 모래사장 가운데 깔아둔 보도블록을 따라 걸었을 때 길 끝에 낮은 둑이 가로막고 있었다. 낮기는 했지만 쉽게 오를 정도로 낮지는 않았다. 주변을 살폈다. 해안선을 따라 쭉 이어진 둑 사이로 계단이 보였다.

계단을 올라가자 좁은 도로가 나왔다. 길 건너편엔 상가가 늘어서 있었다. 기념품을 파는 가게, 수영복을 파는 가게, 모자와 선글라스를 파는 가게, 아기자기한 스낵바, 아이스크림을 파는 가게. 아이가 아이스크림 가게를 가리켰다.

"계세요?"

조심스럽게 가게 문을 열고 안으로 들어갔다. 아무런 기척이 없었다. 벽에는 외국어로 뭐라고 길게 적혀 있었는데 아무래도 스페인어 같았다. 그중에 내가 이해할 수 있는 건 '젤라토'가 전부였다. 아, 젤라토는…… 이탈리아어인가.

"우리 아이스크림 먹어도 돼요?"

아이가 큰 소리로 물었다. 대답 대신 위잉위잉 냉장고 돌아가는 소리만 들렸다.

"괜찮을 거야."

나는 아이에게 하는 건지 나에게 하는 건지 모를 말을 내뱉고 아이스크림 스쿱을 손에 들었다.

"손님, 어떤 맛으로 하시겠습니까?"

확신 없는 얼굴로 서 있는 아이에게 일부러 장난스럽게 말을 건넸다. 망설이던 아이가 진열대로 한 걸음 다가오더니 저마다 다른 맛이 담긴 아이스크림 통을 살펴보며 침을 꼴깍 삼켰다.

"무슨 맛이 있는데요?"

어디 보자. 진열대 뒤에 붙은 메뉴판을 올려다봤다. 만……테…… 카도? 이게 뭐지. 피스타…… 초? 피스타 초…… 아, 피스타치오?! 트…… 트루파 나타? 아, 모르겠다. 일단 내가 아는 것만.

"초콜릿이랑 망고, 요거트, 오레오 맛이 있습니다. 아, 피스타치오도 있어요!"

내 말을 듣는 둥 마는 둥 하던 아이는 시각적으로 돋보이는 아이스크림을 가리켰다.

"이거랑…… 이거 주세요."

"콘으로 하시겠습니까, 컵으로 하시겠습니까?"

"콘이요!"

아이는 도무지 맛을 짐작할 수 없는 고운 빛깔 아이스

크림을 골랐다. 스쿱을 단단히 쥐고 먼저 무지갯빛 아이스크림을 동그랗게 뭉쳐보려 했지만 생각처럼 쉽지는 않았다. 바다를 닮은 푸른빛 아이스크림을 담을 때는 처음보다 나았다.

"맛있어?"

아이는 벌써 입가에 아이스크림을 잔뜩 묻히고 엄지를 치켜세웠다. 나는 만족스러운 얼굴로 컵을 꺼내 들었다. 어떤 걸 먹어볼까. 새로운 맛도 궁금하지만 역시 먹어본 맛이 안전하겠지. 아홉 살의 나를 보면 어릴 땐 꽤나 모험심이 강했던 것 같은데 나이를 먹으면서 변한 모양이었다. 컵에 초콜릿 아이스크림을 담고 스쿱을 물에 깨끗이 헹궈 제자리에 둔 다음 아이스크림을 한입 떠먹었다. 몸에는 아직 뜨거운 열기가 남아 있는데, 입안으로 차가운 게 들어오자 머리가 쨍 울렸다.

"이것도 먹어봐요."

아이가 무지갯빛 아이스크림을 내밀었다. 한입 베어 물자 쫀쫀하고도 부드러운 크림 안에 숨어 있던 작은 알갱이들이 톡톡 튀어 올랐다. 파핑캔디였다. 눈을 질끈 감았다. 입안에서 수십 개의 작은 불꽃이 터졌다. 불꽃이 온몸으로 퍼지면서 심장과 팔다리에 짜릿한 전기가 돌았고, 귓가에 경쾌한 댄스곡이 들려왔다. 세상에서 가장 달콤하고 시원한 불꽃 축제였다.

"아저씨."

아이가 내 티셔츠 자락을 잡아당기며 흥을 깼다. 눈을 떴다. 아이의 손등 위로 아이스크림이 녹아 줄줄 흐르고 있었다. 이런.

"새로 떠 줄까? 일단 손부터 씻자."

아이는 말없이 고개를 저었다. 놀란 것 같기도 했고 들뜬 것 같기도 했다. 왜 그러는지 물어보려다 금방 나도 그 이유를 알게 됐다.

다시, 세상이 바뀌어 있었다.

바닷가의 아이스크림 가게는 어느새 종로 거리의 카페로 변해 있었다. 스피커에선 20년 전에 유행했던 여름 댄스곡이 흘러나왔고, 테이블 위에는 슬라이드형 휴대전화가 놓여 있었다. 굳이 가사를 떠올리지 않아도 저절로 흥얼거리게 되는 노래, 추억이 된 물건, 기억 속 풍경들.

카페에 있는 사람들을 살펴봤다. 창가 쪽에 내가 잘 아는 사람 둘이 마주 보고 앉아 있었다. 열아홉 살의 나, 그리고 나의 첫사랑 세희였다.

3

카페 밖으로 나왔을 때 거리에는 비가 쏟아지고 있었다.

팡.

열아홉 살의 나는 커다란 우산을 펼친 다음 세희의 손을 잡았다. 둘은 퍼붓는 빗속으로 거침없이 뛰어들었다. 열아홉 살의 나는 우산을 세희 쪽으로 기울였다.

나는 아홉 살의 나와 함께 두 사람을 따라갔다. 굵은 빗줄기가 정수리를 때리고 순식간에 온몸을 적셨다. 하지만 빗물이 스며드는 느낌만 들 뿐 실제로 젖지는 않았다. 아이도 마찬가지였다. 살면서 이렇게 샤워하듯 비를 맞아본 적이 있었나. 나쁘지 않았다. 아니, 오히려 시원하고 좋았다.

세희가 어깨에 걸친 가방이 살짝 열려 있었고 그 안쪽으로 물방울무늬 우산이 보였다. 첫사랑, 그 시절엔 뭐든 하나면 충분했다. 우산도 하나, 아이스크림도 하나, 햄버거도 하나. 첫사랑이 특별한 이유는 사랑 하나 가진 걸로 충분했던 유일한 시절이기 때문이었다.

"나는, 아니, 그러니까 저 나는 몇 살이에요?"

"열아홉, 고등학교 3학년이야."

"저 누나는 여자친구예요?"

아홉 살의 내가 눈을 반짝이며 속삭였다. 나에겐 과거인데 녀석에겐 미래이니 궁금한 게 많은 모양이었다. 나는 말해줄 생각이 조금도 없다는 표정으로 입을 꾹 닫고 웃었다.

고등학교 3학년에 올라간 첫날.

개학식이 끝나고 나는 현기와 또 다른 친구들과 함께 종로에 있는 극장으로 달려갔다. 당시 현기와 내가 제일 존경하던 감독의 영화가 개봉하는 날이었다.

예술영화 상영관은 빈자리가 더 많았다. 우리 넷은 티켓에 적힌 좌석에 쪼르르 앉았다. 몇 줄 앞쪽에서 교복 입은 여자아이들이 자꾸 고개를 돌려 우리 쪽을 흘끔거렸다. 우리가 상영관에 들어서서 자리에 앉을 때까지 마치 연예인을 보는 눈빛으로 현기를 쳐다보던 애들이었다. 현기로서는 워낙 자주 있는 일이라 대수롭지 않게 여겼지만, 현기

옆에 앉은 주호와 윤재가 괜히 머리를 쓸어 넘기며 어깨를 쫙 폈다.

"야, 야, 앞에, 앞에, 여자애들. 우리 본다."

주호가 복화술을 하듯이 중얼거렸다.

"저기도 넷, 우리도 넷."

윤재가 역시 복화술로 받아쳤다. 현기와 늘 붙어 다닌 나는 시선의 주인이 누구인지 정확히 알고 있었기에 주호와 윤재가 실컷 김칫국을 마시도록 내버려두었다.

상영관에 불이 꺼졌을 때 여자아이들이 기다렸다는 듯 등을 구부리고 계단을 올라와 우리 바로 앞줄에 쪼르르 앉았다. 어둠 속에서 일사불란하게 움직이는 모습이 마치 실력 좋은 자객들 같았다. 맨 뒤에서 인상을 잔뜩 구기고 어쩔 수 없이 따라오던 한 명만 제외하고.

영화가 끝나고 상영관이 환해졌을 때, 주호와 윤재는 괜히 짐을 챙기는 척하며 뭉그적거렸다.

"저기……."

드디어 여자아이 중 하나가 말을 걸었고, 주호와 윤재는 본인들이 지을 수 있는 가장 멋있는 표정으로 돌아섰다.

"정휘고 맞죠?"

"네, 그쪽은 문호여고?"

여자아이들이 고개를 끄덕였다. 문호여자고등학교는 우리 학교에서 버스로 두 정거장 떨어진 곳에 있었기에 서로 교복만 봐도 어느 학교인지 금방 알 수 있었다.

"몇 학년이에요?"

"고3."

"우리랑 똑같네?"

이웃 학교인 데다 고3 수험생이라는 공통점만으로 여자아이들과 금세 친구가 된 주호와 윤재가 나랑 현기까지 끌고 맥도날드로 향했다. 햄버거와 콜라, 감자튀김이 든 세트가 나왔을 때 여자아이들이 본심을 드러냈다.

"실은 우리 너 알아."

여자아이들이 말하는 '너'는 물론 현기였다.

"김현기, 맞지?"

현기가 머리를 긁적였다. 그 모습마저 특별해 보였는지 여자아이들은 입 밖으로 튀어나오려는 감탄사를 손으로 틀어막았다.

"우리 학교에서 너 모르는 애 없을걸?"

"버스 탈 때 너 탔나 안 탔나 먼저 확인하는 애들도 있어."

쉴 새 없이 쏟아지는 질문에 현기는 적당히 성의를 얹어 대답했고, 자신에게 주어진 배역이 조연이라는 걸 깨닫게 된 주호와 윤재는 말없이 햄버거만 입에 쑤셔 넣었다. 나도 조용히 배를 채우며 영화관에서 가져온 리플릿을 살펴봤다.

"영화 어땠어?"

맞은편에 앉아서 내내 한마디도 없던 여자애가 뚱한 얼굴로 나를 바라봤다. 세희였다.

인생이란 알 수 없었다.

그날 현기를 보고 기대에 부풀었던 여자애들도, 여자애들을 보고 김칫국부터 마셨던 주호와 윤재도 결국 아무런 소득 없이 집으로 돌아갔지만, 아무 기대 없이 끌려다닌 나와 세희는 서로 연락처를 주고받았다. 여름방학에 우리는 각자 학원에 갔다가 수업이 끝나면 같이 햄버거나 떡볶이를 먹었다. 세희가 종로에 있는 학원에 특강을 들으러 갈 때면 나도 가끔 따라가서 함께 영화를 보고 딸기빙수를 먹기도 했다.

학원 앞은 수강생들로 붐볐다. 다른 사람들이 기계적으로 우산을 접고 건물 안으로 들어가는 동안에도 열아홉 살의 나와 세희는 같은 우산 아래에 서 있었다. 세희가 손목시계를 들여다보는 횟수가 늘어나자 열아홉 살의 내가 세희의 손을 겨우 놓아주었다.

"수업 잘 듣고."

"응."

"그럼 나 간다."

우산을 쓴 열아홉 살의 내가 세희를 바라보며 뒤로 한 걸음, 두 걸음 아쉽게 발을 뗐다.

"형우야."

"응?"

세희가 말없이 열아홉 살의 나를 쳐다보다 다시 우산 속으로 뛰어들었다.

순간 나는 아홉 살의 나를 꼭 붙들고 함께 몸을 돌렸다. 직접 보지 않아도 어떤 일이 일어나고 있을지 잘 알고 있었다. 평생 잊을 수 없는 순간. 열아홉에 나는 여름보다 더 뜨겁고 딸기빙수보다 더 새콤한 첫 키스를 했다. 인파로 가득한 종로 거리, 우산 속에서.

천천히 고개를 돌렸을 때, 세희가 학원 건물에 들어서고 있었다. 세희는 잠시 걸음을 멈추고 열아홉 살의 나를 보며 손을 흔들었다. 입술 양 끝에 보조개가 별처럼 콕 박혀 있었다. 열아홉 살의 내가 우산을 높이 들고 빙그르르 한 바퀴 돌린 다음 경쾌하게 돌아섰다. 앞으로 가면서도 자꾸 뒤를 돌아봤다. 세희가 보이지 않을 때까지.

"치이……."

아홉 살의 내가 입을 비죽거렸다.

"왜?"

내가 묻자 아이는 팔꿈치로 내 옆구리를 툭 쳤다.

"그 정도는 나도 알거든요."

아이가 입술을 한껏 내밀면서 나를 놀렸다. 그 모습이 꼭 붕어 같아서 웃음이 났다. 아이가 입을 뻐끔거리며 열아홉 살의 나를 쫓아갔다. 나도 서둘러 두 명의 나를 따라갔다.

4

 아파트 단지에 들어서자 도시의 소음이 줄어들며 빗소리와 빗길을 걷는 발소리만 들렸다. 헤드라이트를 켠 자동차가 지나가고 나면 아스팔트에 납작 엎드렸던 빗소리가 다시 분수처럼 솟았다. 대단지에, 건물과 건물 사이의 간격이 넓고, 곳곳에 나이 많은 나무들이 느긋하게 자리를 차지하고 있어 집에 가는 길은 언제나 공원을 산책하는 기분이 들었다. 특히 지금 같은 여름밤에는.
 "이제 여기 사는 거예요?"
 아홉 살의 내가 물었다. 나는 고개를 끄덕였다.
 "엘리베이터도 타요?"
 재차 고개를 끄덕이자 아이가 아파트 꼭대기를 바라봤다. 위에서부터 거꾸로 층수를 세어보던 아이는 중간에 그만두고 신난 걸음으로 열아홉 살의 나를 따라갔다.

내가 6학년이 됐을 때, 우리는 아파트로 이사했다. 이번에도 할아버지 덕분이었다.

기대를 저버리고 또 딸로 태어난 데다 집에서 반대하는 남자와 살림까지 차린 막내딸에게 할아버지는 눈길조차 주지 않았다. 딸이 남편을 잃은 뒤 마지못해 미용실과 집을 얻어 주기는 했으나 잠깐 둘러보고 갔을 뿐 이후에는 발길조차 하지 않았다. 엄마는 그런 할아버지가 무서워 마음 편히 친정에 드나들지도 못했다. 그랬던 할아버지가 세상을 떠나면서 엄마 앞으로 신정동 아파트를 남겼다. 할아버지 뜻대로 결혼해 현모양처로 살면서 사모님 소리를 듣는 민영 이모나 민정 이모가 아닌, 공부를 잘해 약사와 교사가 된 민수 이모나 민호 이모가 아닌, 없는 자식 셈 치던 막내딸에게 아파트는 물론 단지 내 상가에 미용실을 얻을 만한 돈까지, 자식 중에 제일 많은 유산을 남겼다.

이곳에 와서 엄마는 상호명을 '시크헤어'로 바꿔 새롭게 시작했고, 우리는 구룡성 대신 한신장에서 외식했다. 전에 살던 곳도 새로 이사한 곳도 모두 행정구역상 신정동에 속했지만, 어린 나에게는 서로 멀게만 느껴졌다. 목동에서부터 시작된 대단지라 그런지 동네 분위기는 전혀 달랐고, 아파트 사람들은 주소지에 '신정동'이라 적으면서도 '목동'에 산다고 말했다.

아파트에 이사 온 첫날 밤, 엄마도 나도 은우도 전부 들떠서 잠을 이루지 못했다. 매일 한데 모여 잠을 잤던 우리는 각자 방이 생긴 게 좋지만 낯설기도 해서 결국 다 같이 거실에 누웠다.

"아…… 우리 불 안 껐다."

내가 말했고 엄마가 한숨을 쉬며 손을 높이 들었다.

"안 내면 술래 가위바위보!"

은우는 여전히 잠든 척했지만 이제 초등학교 5학년인 만큼 엄마와 나는 녀석의 엉덩이를 걷어차는 걸로 응징했다.

세기말, 종말론이나 밀레니엄 버그 같은 무서운 말들이 돌기도 했으나 우리는 이 집에서 무사히 새천년을 맞이했다. 새천년이 되면 왠지 좋은 일이 생길 것 같은 기대에 부풀기도 했는데, 특별히 좋을 것도 나쁠 것도 없는 일상이 이어졌다. 별 탈 없는 평범한 날들이라고 그때는 그렇게 믿었다.

5

열아홉 살의 내가 도어록 비밀번호를 눌렀다. 경쾌한 멜로디와 함께 잠금장치가 풀렸다. 기다렸다는 듯 아홉 살의 내가 현관에 빨간색 플립플롭을 아무렇게나 벗어두고 안으로 들어갔다.

"우와!"

아이는 거실과 주방, 베란다를 분주히 오가며 감탄사를 연발했다.

"어떤 게 내 방이에요?"

나는 현관에서 제일 가까운 방을 가리켰다. 아홉 살의 나는 미래의 자기 방 앞에 서서 열아홉 살의 내가 빨리 문을 열기만 기다렸으나 열아홉 살의 나는 그대로 거실을 가로질러 은우 방으로 향했다. 은우 방은 엄마 방과 마주 보고 있었다.

나는 거실 벽지가 생각보다 하얘서 조금 놀랐다. 아파트로 이사 올 때 도배를 새로 하고 그 후로 쭉 살았으니 그동안 벽지도 차츰차츰 누렇게 늙어갔다는 걸 이제야 깨달은 것이다. 오늘에서 내일로, 하루씩 건너가며 살 때는 몰랐는데 30년 전…… 20년 전…… 세월을 훌쩍 건너뛰니 선명하게 보이는 것들이 있었다.

은우 방문은 굳게 닫혀 있었다.

"형 왔다!"

열아홉 살의 내가 은우 방에 대고 외쳤다. 안에서는 아무런 대답이 없었다. 열아홉 살의 나는 현관으로 되돌아가 은우가 벗어둔 운동화를 내려다봤다. 들릴 듯 말 듯 옅은 한숨을 내쉬다 방에 들어가 짐을 풀고 갈아입을 옷을 챙겨 욕실로 들어갔다.

열아홉 살의 내 방은 꿈과 비밀과 생기로 가득했다. 서른아홉 살의 내 방과 구조적으로 큰 차이가 없는데도 전혀 달라 보였다. 아홉 살의 내가 미래의 방을 구경하는 사이, 나는 은우 방으로 다가갔다. 노크하려다 멈추고 안쪽으로 팔을 쭉 뻗었다. 팔은 쉽게 문을 통과했다. 어떻게 하면 은우를 볼 수 있는지 잘 알면서도 나는 한동안 문 앞에 서 있었다.

"방금 그거 뭐예요?"

어느새 아홉 살의 내가 옆에 바짝 다가와 있었다. 아이는 대답이 필요하지 않다는 듯이 문을 향해 조심스럽게 손가락을 뻗었다. 손가락이 문을 통과했다.

"우와!"

아이는 손가락을 안으로 넣었다 뺐다 하며 즐거워했다. 나는 결심한 듯 안으로 들어갔다. 곧 아이도 따라 들어왔.

열일곱 은우는 책상에 앉아 있었다. 책상에는 인포그래픽 북이 놓여 있었는데, 펼쳐둔 페이지는 바닷물의 흐름을 표시해둔 화살표로 가득했다. 은우는 지면에 담긴 모든 것을 외우려는 것처럼 책에서 눈을 떼지 않았다.

은우가 중학교 2학년 혹은 3학년 무렵이었을 거다. 부쩍 말수가 줄어든 녀석은 방에 틀어박혀 혼자 보내는 시간이 점점 늘어났다. 나는 그저 사춘기가 시작돼서 그런 거라고 생각했다. 은우는 나보다 섬세하고 감수성이 예민한 아이니까 성장통도 더 격하게 앓는 거라고 생각했다. 한 가지 특이한 점이 있었다면 그즈음부터 은우가 바다에 관련된 책을 사 모으기 시작했다는 거다.

"도은우, 라면 먹을 거야?"

열아홉 살의 내가 수건으로 머리를 털며 은우 방문을 열었다. 은우는 여전히 책에 시선을 꽂은 채 아무 대답이 없었다.

"라면 먹을 거냐고."

열아홉 살의 내가 짜증이 섞인 투로 말했다.

"형은 어떻게 생각해?"

책에 시선을 둔 채로 은우가 입을 열었다.

"뭘 어떻게 생각해?"

무심히 묻는 내게 은우가 책을 가볍게 두드리며 말을 이었다.

"해류 말이야."

뜬금없는 소리에 열아홉 살의 나는 대꾸 대신 녀석을 쳐다봤다. 은우가 목소리를 낮추며 비밀스럽게 말했다.

"해류가 말이야, 우리를 아빠 있는 곳에 데려다주지 않을까?"

이날이었구나. 은우가 한 얘기도, 은우의 눈빛도 모두 기억하지만 언제 있었던 일인지 불분명했던 시간. 바로 이 날이었다.

그 무렵 은우는 종종 나에게 아빠 얘기를 꺼냈다. 어릴 때 매일 밤 아빠 얘기를 해달라고 엄마 팔에 매달렸던 우리는, 머리가 크면서 더 이상 엄마를 조르지 않았다. 엄마가 들려줬던 아빠 얘기에 빈틈이 많다는 생각을 하면서도 따져 묻지 않았다. 위험한 곳에 가면 이성보다 직감이 먼저 작동하는 것처럼 건드려서는 안 되는 판도라의 상자라고 느꼈던 것 같다. 엄마마저 잃게 될지도 모른다는 공포. 그게 어린 시절 우리 형제에게 가장 큰 두려움이었다. 그래서 나도 은우도 더 이상 아빠 얘기를 꺼내지 않았다. 그러다 아파트로 이사 오고 몇 년 뒤부터 은우는 엄마가 없을 때만 아빠 얘기를 꺼내기 시작했는데, 나는 그게 좀 불편했다.

"도은우."

열아홉 살의 나는 은우가 보던 책을 신경질적으로 덮었다.

"그만 좀 하지."

"뭘 그만해?"

"이런 거!"

열아홉 살의 내가 책을 거칠게 두들겼다. 그리고 책장에 꽂힌 바다와 관련된 책들을 주먹으로 쾅쾅 쳤다.

"이런 거! 이런 거!"

책장이 흔들리는 걸 지켜보던 은우가 인포그래픽 북을 품에 끌어안고 소리쳤다.

"이런 거? 그게 대체 뭔데?"

열아홉 살의 내가 은우를 노려보며 주먹을 꽉 쥐었다. 핏줄이 솟아난 주먹이 부르르 떨렸다. 아홉 살의 내가 겁에 질린 얼굴로 내 품에 파고들었다. 나는 아이가 보지 못하도록 팔로 작은 머리통을 감싸안았다. 열아홉 살의 내가 숨을 고르고 목소리를 낮췄다.

"그만하자."

열아홉 살의 내가 은우 방을 나서려는데, 순간 날카로운 게 날아와 등을 찌르고 떨어졌다. 샤프였다. 바닥엔 지퍼가 벌어진 필통과 각종 필기도구가 흩어져 있었다.

"너 지금 이게 무슨……."

이날 내가 느낀 통증이 다시 느껴졌다. 아프고, 화가 치미는 상황에서도 그때 나는…… 무서웠다. 은우의 눈빛에 광기였을까, 살기였을까, 난생처음 보는 섬뜩한 빛이 서려 있었으니까. 은우가 낯선 목소리로 새되게 소리쳤다.

"형은! 형은 기억을 못 하니까 편하지. 네 맘대로 다 지워버렸으니까!"

손이 떨렸다. 다리가 떨렸다. 뭔지 모를 두려움이 온몸을 휘감아 나는 도망치듯 은우 방에서 빠져나왔다. 나를 해치려는 무언가가 따라오지 못하게 문을 쾅 닫아버렸다. 방

안에서 은우가 비명처럼 외쳤다.

"기억을 못 하는 거야, 안 하는 거야?"

이날 이후로 나는 은우랑 말을 하지 않았다. 시간이 조금 지나면서 내가 일상적인 말을 걸기 시작했고, 은우는 대답하지 않거나 그저 고갯짓으로 대답을 대신했다. 오늘에서 내일로, 하루씩 건너가며 매일 조금씩 무너지는 삶은 눈치채기가 쉽지 않았다. 깨달았을 때는 이미 너무 늦어버린 뒤였다.

6

 아홉 살의 내가 엉덩이를 살짝 들고 조심스레 자세를 바꿔 앉았다. 처음에 집 안 곳곳을 구경하던 활기는 사라지고 낯선 집에 방문한 손님처럼 소파에 얌전히 앉아 있었다. 손님처럼 굴기는 나도 마찬가지였다. 열아홉 살의 내가 제 방문을 쾅 닫고 들어간 후로 아이와 나는 소파에서 꼼짝도 않고 기류를 살폈다.

 벌컥 방문이 열리고 열아홉 살의 내가 밖으로 나와 주방으로 향했다. 선반을 열고 차곡차곡 쌓인 라면 중에서 열라면을 고른 다음 물을 올렸다.

 "배 안 고파?"

 문득 생각나서 아홉 살의 내게 속삭이듯 물었다. 아이가 잠시 눈을 깜빡이더니 고개를 저었다. 그러고 보니 과거의 시간 속에선 갈증조차 느껴지지 않았다. 허기 대신 슬슬 몸이 근질거리는지 아홉 살의 내가 자리에서 일어났다. 주춤주춤 주방으로 향하다 냉장고 앞에서 멈췄다. 냉장고에는 나, 은우, 현기가 똑같은 모양으로 머리를 자르고 찍은 사진이 붙어 있었다. 오래전 퀸미용실에서 엄마가 찍은 사진이었다. 키가 작은 아이는 사진을 자세히 보려고 자꾸만 까치발을 들었다.

"그런데 얘는 누구야?"

아이가 현기를 가리켰다.

"글쎄, 누굴까."

아이가 궁금해죽겠다는 얼굴을 하고 있을 때 도어록 비밀번호 누르는 소리가 들렸다. 누구일지 아이도 눈치챈 모양이었다. 아이가 들뜬 얼굴로 현관으로 달려갔다. 나도 아이 뒤를 따라갔다.

아이에겐 미래의 엄마.

나에겐 과거의 엄마. 이제 나와 동갑이 된 엄마. 단 하루만에 10년이나 훌쩍 나이 든 엄마를 만났다.

"엄마 왔다."

목소리에 피로를 가득 묻히고 엄마가 안으로 들어왔다.

"엄마……."

아이 눈에 금세 눈물이 그렁그렁해졌다. 꼭 캠프 가서 신나게 놀다 잠자리에 들 무렵 문득 엄마가 그리워져 눈물짓는 꼬마 같았다. 어쩌면 눈에 띄게 늘어난 주름과 기미 때문에 놀란 건지도 몰랐다. 그건 나도 마찬가지였다. 기억했던 것보다 엄마는 조금 더 나이 들어 보였다. 더 지치고, 더 피곤해 보였다. 이 시절의 나는 아마 알지 못했을 거다. 당시 나는 집보다 바깥이 더 좋았으니까. 엄마랑 은우보다 세희랑 현기가 더 좋았으니까.

"왔어?"

엄마 얼굴은 보지도 않고 라면을 후루룩거리며 열아홉 살의 내가 건성으로 인사했다. 라면이 매운지 콧등엔 땀이 송골송골 맺혀 있었다. 그 모습에 기가 찼다가 이내 한숨이 나왔다. 녀석은 다른 누구도 아닌 나 자신이었다.

식사를 마친 열아홉 살의 내가 그릇을 개수대에 담가두고 방으로 향했다. 소파에 누워 텔레비전을 보던 엄마가 열아홉 살의 나를 눈으로 좇으며 서둘러 말을 붙였다.

"아들, 머리 많이 길었네. 조만간 현기랑 같이 미용실에 들러."

"응."

열아홉 살의 내가 짧게 대답하고 방문을 닫았다. 그랬다. 대학에 들어가고, 졸업하고, 취업해 따로 나가 살 때까지 나는 엄마 미용실에서 머리를 잘랐다. 내 장점과 단점을 잘 아는 엄마는, 장점은 돋보이게 하고 단점은 커버해주는 최적의 스타일을 만들어주었다. 현기도 거의 매번 같이 갔는데, 현기를 자주 보면서도 엄마는 늘 감탄하기 바빴다.

"원래 어릴 때 이쁜 애들이 크면서 못난이가 되는데, 우리 현기는 어떻게 해마다 진화하니?"

"우리 현기는 어쩜 두상까지 잘생겼어!"

"현기야, 너는 아줌마가 바리캉으로 빡빡 밀어도 멋있을 거야. 눈 감고 밀어도 멋있을 거야."

엄마가 이런 식으로 말하면 현기는 웃으며 윙크를 날렸다. 그러면 미용실에 있던 아줌마들이 다 같이 소녀처럼 비명을 질러댔다.

"엄마, 나는?"

내가 물으면 엄마는 단호한 얼굴로 딱 잘라 말했다.

"아들아, 넌 빡빡 밀면 밤송이 된다."

나도 지지 않았다.

"엄마가 밤송이를 낳았네."

그랬다. 생각해보면 분명 아홉 살 시절처럼 함께 웃고

떠들던 날들도 있었다. 하지만 그보다는 아홉 살 시절과 달라진 것들이 훨씬 더 많았다.

"엄마 일하고 와서 피곤할 텐데. 설거지도 안 하고, 쟤 마음에 안 들어!"

아홉 살의 내가 닫힌 방문 쪽으로 눈을 흘겼다. 아홉 살의 나는 동생 밥도 챙기고, 뒷정리까지 말끔하게 하는 아이니 열아홉 살의 내가 마음에 들 리 없었다. 아이가 주먹을 꽉 쥐었다. 절대로 저렇게 자라지 않을 거라고 다짐하는 것처럼.

소파에 반쯤 누워 텔레비전을 보던 엄마는 아들이 방에 들어가자 에어컨을 끄고 선풍기를 켰다. 예전에 비해 채널은 늘어났으나 딱히 볼 게 없는지, 아니면 기분이 그냥 그런 건지 엄마는 자꾸 리모컨을 들었다.

"아고고……."

자세를 조금씩 바꿀 때마다 엄마는 앓는 소리를 냈다. 오랜 시간 서서 손님 머리를 만지는 일은 고됐다. 게다가 은우와 내가 자라면서 돈 들어갈 곳이 점점 늘어나자 엄마는 일주일 내내 미용실 문을 열고 일했다. 그나마 엄마에게 덜 미안해할 수 있었던 이유는 내가 공부를 잘했기 때문이다. 모의고사가 끝나고 배치표에 적힌 대학 이름을 알려주면 엄마는 다음 날 일찌감치 미용실 문을 열고 손님을 기다렸다. 손님이 오면 어떻게든 이 말을 꺼낼 상황으로 몰아갔다.

"그래도 우리 형우가 효자네요. 우리 형우 성적표 보면 하나도 안 힘들어요. 아주 그냥 힘이 펄펄 나!"

덕분에 열아홉 살의 나는 세탁소집 아줌마, 떡볶이집 아줌마, 한신장 사장님이랑 주방장님, 경비 아저씨 등등 동네 어른들을 만날 때마다 칭찬을 들었다.

엄마가 텔레비전을 보며 앓는 소리를 내고 있을 때, 방년 19세 효자 도형우는 방에서 절친 김현기와 통화 중이었다.

"뭐 하긴 그냥 있지……. 내가 뭘? 뭐가 기분이 좋아? ……뭐? 야, 키스는 무슨! ……됐어. 끊어, 자식아."

전화를 끊고 나서 혼자 웃는 소리. 침대에서 데굴데굴 구르며 웃음을 참는 소리. 열아홉 살의 나는 은우와 있었던 일을 벌써 다 잊고 있었다.

방문에 귀를 대고 엿듣던 아홉 살의 내가 방 안으로 얼굴을 쏙 넣었다 도로 빼며 입을 비죽거렸다.

"아주, 좋을 때다."

엄마에게 배운 게 분명한 말투. 나는 아이가 귀여워 머리를 천천히 쓰다듬었다. 그럼, 좋을 때지. 그런데 저 좋은 순간도 잠깐이란다. 내가 알고 있는 사실은 말해주지 않았다.

아직 진로가 분명하지 않았던 나는 일단 명문대 경영학

과에 진학했다. 변호사로 꿈을 확실히 정해둔 세희는 목표한 대학에 입학하기 위해 과감하게 재수를 결정했다. 결말이 정해진 이야기처럼 우리는 자연스럽게 헤어졌다. 대개 그렇듯 나의 첫사랑도 이토록 허무하게 끝이 났다. 그러다 시간이 지난 뒤에 우연히 세희를 봤다. 직접 본 건 아니고 텔레비전에서였다. 생활 법률을 소재로 만든 예능 프로그램에 자문위원으로 출연한 세희를 한눈에 알아봤다. 세련된 단발머리, 하얀 셔츠에 검은색 정장 바지, 웃을 때마다 입술 옆에 별처럼 박히는 보조개. 세희가 꿈을 이뤘다는 걸 알고 나는 축하하는 마음이었다. 그게 온통 진심으로만 이루어졌다는 걸 깨닫고는 비로소 첫사랑이 아름답게 마침표를 찍었다고 생각했다.

에어컨을 끈 거실에선 냉기가 느껴지지 않았다. 회전하는 선풍기가 한 번씩 몰고 오는 바람으로는 부족했다. 열대야였다. 더위 속에서 엄마는 고단한 몸으로도 깊이 잠들지 못했다. 드라마 채널에서 주인공들이 목소리를 높일 때면 잠시 눈을 떴다가 이내 까무룩 잠들기를 반복했다. 아홉 살의 나는 엄마 옆에 옹그리고 잠이 들었다. 녀석에게도 고단한 하루였겠지.

지금은 재건축을 추진할 만큼 시설이 낡았어도 이 집에서 오래 산 만큼 변화를 크게 느끼진 못했는데, 20년 전으로 와서 비교해보니 확실히 차이가 보였다. 이때만 해도 아파트도, 집도 보기에 꽤 괜찮은 편이었다. 서서히, 차근차근 낡고 늙어간 집처럼 서서히, 차근차근 금이 가버린 삶. 이때 알았더라면 바로 잡을 수 있었을까. 더 금이 가기 전에, 완전히 망가져버리기 전에. 그저 하루하루 살았을 뿐인데, 어느 날 돌아보니 너무 멀리 와버려서 다시는 되돌릴 수 없게 된 기분이었다.

엄마는 거실에서, 열아홉 살의 나는 내 방에서, 은우는 자기 방에서 잠든 밤이 자꾸 서글펐다. 아파트로 이사 오고 몇 년 뒤부터 엄마는 거실에서 잠드는 날이 많았는데, 이제와 생각해보니 우리가 다 함께 잠들었던 날들이 그리워서 그랬던 게 아닐까 싶었다. 작았지만 다 같이 한방에서 자던 시절이 그래도 좋았다는 생각을 하면서 나는 소파에 기대고 앉아 잠든 엄마를 바라봤다. 나도 잠이 들면 서른아홉 살의 엄마와는 안녕이겠지.

눈가가 뜨거워졌다가…….

엄마 귀에 대고 미안하다고 속삭였다가…….

사랑한다고 말했다가…….

점점 고개가 무거워졌다.

엄마 어깨 옆에 무거운 머리를 내려놓고 엄마를 봤다가…… 눈꺼풀이 내려앉았다가…… 다시 엄마를 봤다가…….

나는 잠이 들었다.

더 깊은 잠 속으로 가라앉았다.

천천히.

천천히.

루나파크

1

뺨 위로 바람이 지나갔다.

바람결에 이제 제법 익숙해진 바다 내음이 실려 왔다. 눈을 뜨지 않아도 이곳이 어딘지 알고 있었다. 눈을 감은 채로 나른하게 기지개를 켰다. 해먹이 부드럽게 출렁거렸다.

눈을 뜨자 온통 파란 하늘이 가득했다. 매일 봐도 질리지 않을 것 같은 빛깔이었다. 해먹 아래 가지런히 놓여 있는 빨간색 플립플롭을 꿰신고 자리에서 일어났다. 푸른 바다가 시야를 꽉 채웠다. 물결 따라 부서지는 햇살이 마치 누군가 곱게 뿌려둔 황금빛 스프링클 같았다.

기척을 느끼고 아홉 살의 내가 나에게 달려왔다.

"저기……."

아이가 가리키는 곳으로 시선을 옮기니 새로 생긴 해먹

과 거기 잠든 열아홉 살의 내가 보였다. 여기가 어디인지, 왜 자꾸 여기로 돌아오는지 알 수 없었지만 예상 가능한 일이 생겼다는 사실만으로 두려움이 조금은 가라앉았다. 그리고 나는, 혼자가 아니었다.

"쟤 깨울까요?"

내가 대답하기도 전에 아이가 쪼르르 달려갔다. 아홉 살의 내가 새로 생긴 해먹을 마구 흔들었다. 열아홉 살의 내가 미간을 찌푸리며 눈을 떴다. 파란 하늘을 멍하니 바라보다가 고개를 돌려 아홉 살의 나를 한참 바라봤다.

"뭐야."

"나야."

"알아, 아는데, 이게 다 뭐냐고. 여긴 또 어디고."

해먹에서 일어나 주변을 두리번거리던 열아홉 살의 내가 나를 발견하고 화들짝 놀랐다.

"악, 저건 또 뭐야."

"저것도 너야."

"알아, 안다고. 근데 이게 대체 무슨……."

열아홉 살의 내가 제 뺨을 때렸다. 팔뚝을 꼬집었다.

"이거 뭐야? 꿈 아니야? 누가 날 여기 데려다 놨지? 나 좀 있음 수능인데?"

열아홉 살의 나는 자신의 인생에서 가장 중요한 걸 떠올리고 거의 공포에 사로잡혔다. 그러거나 말거나 아홉 살의 내가 저보다 덩치가 두 배쯤 커다란 또 다른 나의 멱살을 잡았다.

"야! 너는 어떻게 그럴 수 있어? 엄마 힘든데, 어떻게 설거지도 안 하고……."

아홉 살의 나는 자신의 인생에서 가장 소중한 엄마 생각에 울컥해 말을 잇지 못했다. 심장 밑으로 찌르르 전기가 흘렀다. 생각해보면 제일 어리고 약했던 시절에 나는 엄마에게 가장 든든한 존재가 되어주었다. 엄마를 괴롭히는 사람이 있으면 겁이 나도 숨지 않았고 그 작은 몸으로 엄마 앞에 서서 방패가 되어주었다.

"너는 진짜…… 나빴어!"

아홉 살의 내가 작은 주먹으로 열아홉 살 나의 배를 쳤다. 열아홉 살의 나는 억울한 얼굴로 나를 쳐다봤다.

"얘 좀 어떻게 해봐요!"

아홉 살의 나도 나에게 호소했다.

"얘 좀 혼내줘요!"

시끄러웠다. 정신이 하나도 없었다.

"잠깐! 얘들아, 잠깐만 진정해."

나는 두 명의 나에게 다가갔다. 아홉 살의 나도 나, 열아홉 살의 나도 나. 얘도 나, 쟤도 나. 얘도 도형우, 쟤도 도형우. 내가 셋이나 되자 당장 호칭부터 정리할 필요를 느꼈다.

"봐봐, 여기 지금 내가 셋이야. 도형우만 셋이라고. 복잡하지? 우리끼리 부르는 이름부터 정하자. 어때?"

나는 아홉 살의 나와 열아홉 살의 나를 차례로 봤고, 열아홉 살의 나는 미래의 자신과 과거의 자신을 차례로 봤고, 아홉 살의 나는 30년 뒤의 자신과 10년 뒤의 자신을 차례로 바라봤다. 그리고 동시에 고개를 끄덕였다. 아홉 살의 나도, 열아홉 살의 나도 조금 전의 분노와 혼란은 다 잊고 골똘히 생각에 잠겼다. 작은 입으로 웅얼거리던 아홉 살의 내가 손뼉을 쳤다.

"아! 이거 어때요?"

아홉 살의 내가 손가락으로 모래사장에 뭔가를 적었다.

9

19

39

아이가 모래 묻은 손으로 나를 가리켰다.

"아저씨는 삼십구 살이니까 삼구!"

이번에는 열아홉 살의 나를 가리켰다.

"너는 일구! 나는 구! 이제 쉽죠?"

"오오!"

열아홉 살의 내가 마음에 든다는 표정으로 고개를 끄덕였다. 나도 아이, 아니, 구를 향해 엄지를 세웠다. 구가 어깨를 으쓱거렸다. 어느덧 마음이 조금 풀렸는지 새로 달린 해먹 옆에서 빨간색 플립플롭을 가져다가 일구에게 건넸다. 그리고 나를 올려다봤다.

"삼구 아저씨, 우리 바다에서 놀아도 되죠?"

2

"삼구 아저씨! 나 여기 완전 좋아요! 매일 바다에서 놀고 싶어!"

러닝셔츠까지 푹 젖은 구가 선베드로 달려왔다. 덩치만 커다랄 뿐 아이처럼 파도를 뛰어넘던 일구도 모래사장에 큼지막한 발 도장을 찍으며 달려왔다. 그러고 보니 일구 역시 하얀 러닝셔츠에 청색 체크무늬 잠옷 바지를 입고 있었다. 미처 몰랐는데, 이런 게 내 취향인가. 셋이 일부러 맞춰 입기라도 한 것처럼 비슷한 차림으로 모여 있으니 괜히 웃음이 났다.

"여기 엄마랑 은우도 오면 좋겠다."

젖은 옷을 훌러덩 벗으면서 구가 말했다.

"바다에 온 거 알면 엄마한테 혼날 텐데. 그렇지만 엄마도 여기 오면 분명 좋아할걸."

구는 쉴 새 없이 종알거리면서 볕이 잘 드는 곳에 야무지게 옷을 펼쳐놓았다. 구를 따라 옷을 말리던 일구가 나를 돌아봤다. 하고 싶은 말이 있는 눈빛인데, 정작 그 말을 꺼내야 하는 입은 망설이고 있었다. 내가 처음 이곳에 왔을 때부터 벌어진 일들을 쭉 들려줄 때만 해도 일구는 잠시 생각에 잠겼을 뿐 일단 눈앞의 상황에 충실하자며 망설임 없이 바다로 달려갔다. 구와 마찬가지로 일구에게도 이곳이 첫 바다나 다름없는 데다 바다의 빛깔은 물 공포증이 있는 사람조차 경계심을 풀게 할 만큼 비현실적으로 아름다웠으니 충분히 그럴 만했다. 무엇보다 일구 역시 몸만 다 컸을 뿐 아직 아이니까.

"아저씨가 미래에서 온 거면…… 미래의 엄마랑 은우는 잘 있어요?"

일구의 질문에 이번에는 내가 입을 꾹 닫았다. 거짓말을 할 수 없어서 눈길을 피하는 것으로 시간을 벌었다. 뭐라고 해야 하지. 대체 뭐라고 말해야 하나.

"잠깐."

일구가 검지를 세워 입술에 대고 귀를 기울였다.

"무슨 소리 들리지 않아?"

일구의 말에 구가 호기심 가득한 얼굴로 숨을 죽였다. 나도 상체를 세우고 청각에 집중했다. 파도가 밀려왔다 멀어지는 소리, 야자수 잎사귀 사이로 바람이 지나가는 소리가 전부였다.

"아무 소리도 안 들리는데?"

구가 속삭였다.

"쉿."

일구가 검지에 힘을 줬다. 소리가 들려오는 방향을 잡았는지 고개가 한쪽으로 고정돼 있었다. 파도 소리, 바람 소리, 나뭇잎이 흔들리는 소리. 그 사이에 작지만 분명 낯선 소리가 숨어 있었다.

"들린다!"

구가 일구와 같은 쪽으로 고개를 기울였다. 소리가 들려오는 곳은 야자수가 이어지는 쪽이었다. 눈을 감았다. 형체 없던 소리가 조금씩 뚜렷해지면서 모습을 드러냈다. 나도 모르게 손가락을 까딱거리며 박자를 맞췄다.

쿵짝짝.

쿵짝짝.

귀에 익은 왈츠곡. 멜로디는 경쾌한데 듣고 있으면 어쩐지 서글퍼지는 음악.

야자수 너머 어딘가에서 누군가 아코디언을 연주하고 있었다.

야자수가 늘어선 길을 따라 걸었다. 갈수록 나무들이 빽빽하게 자라나 숲을 이루고 있었다. 선베드에 누워서 보던 것과는 분명 다른 풍경이었기에 바닷가 마을 전체가 살아 움직이는 것처럼 느껴졌다.

아코디언 소리가 가까워질수록 나무 사이에서 아른거리던 불빛이 점점 또렷하게 보였다. 불빛에 홀린 듯 구가 달리기 시작했다.

"야! 같이 가!"

일구가 속도를 냈다. 나도 따라 달렸다. 일구가 금세 구의 어깨를 붙잡았다. 구의 눈이 크게 벌어져 있었다.

"저기 봐!"

구가 가리키는 곳을 경계 가득한 눈으로 바라보던 일구가 한 발씩 앞으로 옮겼다. 머뭇거리던 걸음에 조금씩 속도가 붙는가 싶더니 순식간에 저만치 앞서 달렸.

야자수 숲을 빠져나오자 알록달록한 빛깔로 칠해놓은 작은 성이 보였다. 커다란 나무판에 성을 그리고 모양대로 잘라낸 다음 바닥에 세워둔 거였다. 성 꼭대기에는 화려한 간판이 달려 있었다.

LUNA PARK

간판 테두리를 따라 조명등이 반짝였고 그 너머로 아기자기한 놀이기구가 보였다. 말과 마차가 나란히 달리는 회전목마, 빙글빙글 돌아가는 찻잔, 위아래로 오르내리는 비행기, 불꽃을 튀며 달리는 범퍼카…….

"나 저거 탈래!"

구가 롤러코스터로 달려갔다. 이곳에 온 지 얼마 안 된 일구는 어안이 벙벙한 얼굴로 구를 따라갔다.

줄을 설 필요는 없었다. 이곳엔 여전히 우리뿐이었다. 우리는 롤러코스터에 올랐다. 롤러코스터는 롤러코스터인데, 기차처럼 연결된 마차 두 대가 V 자로 구부러진 레일 위에서 왔다 갔다 하는, 롤러코스터와 바이킹을 섞어놓은 듯한 놀이기구였다. 한쪽 칸에 구와 일구가 나란히 앉았고 나는 맞은편에 마주 앉았다. 직원도 없는데 안전바가 저절로 내려오더니 마차가 움직이기 시작했다. 덜걱덜걱 레일을 타고 마차가 높이 올라가자 멀리 푸른 바다가 보였다. 감상할 틈조차 주지 않고 마차가 바닥으로 미끄러졌을 때

맞은편에서 구와 일구가 시원하게 소리를 질렀다.

"꺄하!"

마차가 다시 높이 올라가자 구와 일구가 동시에 만세를 했다. 바닥에 떨어졌다가 높이 솟았다가…… 다시 떨어졌다가 붕 솟았다가…… 바람이 시원했다. 어느 순간 나도 두 팔을 높이 든 채 웃고 있었다. 아이처럼.

"여기 완전 좋아! 바다도 있고 놀이기구도 있고. 내일은 여기서 또 뭐가 나올까?"

구가 기대에 부푼 얼굴로 일구와 나를 번갈아 봤다. 찻잔, 비행기, 범퍼카에 이어 다시 롤러코스터를 연달아 두 번이나 타고도 구는 여전히 에너지가 넘쳤다.

"우리 저거 타자!"

구가 가리키는 곳에 회전목마가 있었다. 우리를 이곳으로 이끈 아코디언 연주곡에 맞춰 말과 호박마차가 빙글빙글 돌았다. 우리가 근처에 다다르자 회전하는 속도가 점점 느려지더니 곧 멈췄다.

"나는 검정 말!"

먼저 회전목마에 오른 구가 가장 멋진 말을 골랐다.

"나는 하얀 말!"

일구도 지지 않고 검정 말 옆의 잘생긴 말을 골랐다. 나는 검정 말과 하얀 말 뒤에 있는 무난한 갈색 말에 올라탔다. 잠시 멈췄던 음악이 다시 이어지면서 회전목마가 움직이기 시작했다. 성 모양을 본뜬 입구 너머로 야자수가 보였다가 이내 찻잔과 비행기가 눈에 들어왔다. 동그란 알전구가 반짝이고, 바닥이 빙글빙글 돌고, 말이 오르락내리락하자 최면에 걸릴 것 같은 기분이었다. 거기에 경쾌하면서도 서글픈 아코디언 연주가 분위기를 더해 머릿속이 나른해지고 몸에서 조금씩 힘이 빠졌다.

비행기…… 범퍼카…… 롤러코스터…… 야자수…… 찻잔…… 비행기…… 범퍼카…… 롤러코스터…… 야자수…… 찻잔…… 비행기…….

세상이 빙글빙글 돌아가며 모든 빛깔이 뒤섞이는가 싶더니 순간 암흑으로 변했다. 위아래로 부드럽게 움직이던 말이 덜컹덜컹 흔들리기 시작했고, 아코디언 연주곡은 교묘하게 다른 멜로디로 변해가고 있었다. 이 소리는…….

"이번 역은 역삼, 역삼입니다. 내리실 문은 오른쪽입니다."

소리와 함께 암흑 같은 터널에서 벗어나 환한 역사로 들어섰다. 어느덧 나는 2호선 순환선 안에 있었다. 바로 앞에 구와 일구가 나란히 서 있었다.

"와우, 이런 거였구나."

순식간에 다른 세상으로 건너온 일구가 감탄했다. 방금 겪고도 믿기지 않는지 눈을 비볐다. 출근길, 지하철을 가득 채운 사람들이 자꾸 우리 몸을 통과했다. 그때마다 일구가 낯선 듯 간지러운 듯 몸을 떨었다.

"굉장하지?"

구가 작은 어깨로 일구를 슬쩍 쳤다. 일구는 입을 다물지 못하고 전철에 탄 사람들을 구경했다. 옆에 있는 사람이 들고 있는 스마트폰을 발견하고 동그래진 눈으로 나를 돌아봤다.

"이게 미래의 전화기야?"

나는 고개를 끄덕였다. 일구는 스마트폰 쪽으로 몸을 기울이고 감탄사를 연발했다. 꼬맹이 구도 제자리에서 콩콩 점프를 뛰며 미래 세상을 엿봤다. 하지만 지금 중요한 건 스마트폰이 아니었다. 여기 어딘가에 스물아홉 살의 나, 이구가 있을 테니까. 주위를 둘러봤다.

역에 진입하며 서서히 속도를 늦추던 전철이 완전히 멈춰 섰다. 출입문이 열리자 사람들이 쏟아지듯 열차에서 내렸다. 비슷한 헤어스타일, 비슷한 옷차림의 사람들 속에서 이구를 찾기란 쉽지 않았다. 하지만 이구가 어디로 갈지는 정확히 알고 있었다.

"일단 내려!"

나는 구의 손을 잡고 출입문으로 달렸다. 일구가 한 박자 늦게 움직였다. 굳게 닫힌 출입문을 그대로 통과한 일구가 휴우, 하고 숨을 몰아쉬며 멀어져가는 전철을 바라봤다.

3

 하얀 셔츠에 청색 정장 바지를 입은 남자. 단정하게 자른 머리에 깨끗하게 닦은 구두까지, 이구는 말끔한 차림으로 출근 중이었다. 에스컬레이터 대신 계단을 오르고, 넓은 보폭으로 빠르고 힘 있게 걷는 이유가 부족한 운동량을 채우기 위해서라는 걸 나는 잘 알고 있었다. 사무직으로 근무 중인 이구는 지금의 나와 꽤 다른 모습이었다. 아직 고등학생인 일구와도 전혀 달랐다. 잡티와 주름 없이 깨끗한 얼굴, 날렵한 턱선, 총기 가득한 눈빛. 군 복무를 마치고 복학했을 때도, 졸업할 때도 어딘지 모르게 설익은 인간이었던 나는 입사하고 두 해를 지나면서 비로소 겉모습이 갖춰졌다. 인간의 내면이야 평생을 두고 성장해가는 것이지만, 외면이 미적으로 가장 아름답게 완성되는 나이는 서른 안팎

이었다. 스물아홉의 나는, 빛났다. 아침 햇살을 받고 더 환해진 셔츠만큼이나 눈부셨다.

"어차피 금방 알게 될 거 미리 좀 알려줘요. 나 어디서, 무슨 일 하는지."

일구가 계속 귀찮게 들러붙었다. 어지간히 궁금한 모양이었다.

역 부근을 벗어나자 공원이 나왔다. 여름날 공원 산책로는 고요하면서도 활기가 넘쳤다. 붉은 단풍을 얹은 가을날도 고왔지만 나는 초록으로 가득한 공원을 더 좋아했다. 키가 큰 나무들이 가지마다 무성한 잎을 달고 있었고, 나무 아래 서서 고개를 들면 햇빛을 받아 반투명해진 초록 잎이 저희끼리 포개지며 또 다른 초록색을 만들어내는 걸 볼 수 있었다. 잔잔한 바람이 불어와 나뭇잎이 흔들릴 때면 초록빛은 그 자체로 살아 움직이는 생명체였다. 처음 입사했을 때 빌딩숲 한복판에 서 있는 근사한 건물과 그룹 로고가 새겨진 사원증도 어깨를 활짝 펴게 만들었지만, 회사 앞에 자리 잡은 작은 공원도 출근길마다 마음에 생기를 더해주었다. 일찍 회사에 도착해 공원을 한 바퀴 돌거나 점심 식사 후 동료들과 커피 한 잔을 손에 들고 느긋하게 산책하는 게 행복이라면 행복이었다.

"그럼 어느 대학, 무슨 과 갔는지 그것만 좀 알려줘요."

끈질긴 녀석. 나는 못 들은 척 구의 손을 잡고 이구를 따라갔다. 어린 구는 마천루와 자동차와 사람들이 뒤섞인 번잡한 풍경이 낯선지 내 손을 꼭 잡았다.

이구는 공원을 그대로 지나쳐 회사로 향했다. 공원 시계탑을 보니 출근 시간까지는 아직 충분히 여유가 있었다. 스물아홉이면 입사 3년 차. 기억을 더듬어보니 입사하고 1년쯤 지나고부터 공원에 들르는 일이 부쩍 줄어든 것 같았다. 게다가 이 무렵엔 새로 생긴 PLCC 사업 본부로 옮겨서 입사 이래 가장 바쁜 날들을 보내고 있었다.

회사 정문에 도착한 이구가 사원증을 목에 걸었다.

"아…… 여기였구나. 뭐 이 정도면, 도형우! 열심히 살았다!"

일구가 만족스러운 얼굴로 유리 벽을 그대로 통과해 들어갔다. 유리 벽으로 향하려는 나를 구가 잡아당겼다. 녀석은 턱으로 회전문을 가리켰다. 이제 좀 긴장이 풀렸는지 빙긋 웃는 구와 함께 회전문을 빙글 반 바퀴 돌아 안으로 들어갔을 때 이구는 벌써 출입 게이트에 다다라 있었다.

"뛰어!"

신이 난 일구가 크게 외쳤다. 혈기 넘치는 일구는 벌써 저만큼 앞서갔다. 구도 쌩쌩 잘 달렸다. 사원증을 찍고 게이트를 지나가는 이구 뒤로 일구가 뜀틀을 넘듯 게이트를 훌쩍 넘어갔다. 꼬맹이 구는 그대로 게이트를 관통했다. 숨을 헐떡이며 제일 늦게 도착한 나는 이구와 일구와 구가 나란히 탑승한 엘리베이터에 서둘러 올라탔다.

국내 대기업 순위를 매기면 언제나 5위 안에 드는 그룹. 나는 그룹 계열사 중 한 곳인 카드사에 입사했다. 카드사는 본사 건물을 같이 사용했는데, 그럼에도 대기업 특유의 경직된 분위기는 상대적으로 덜한 편이었다.

자리에 앉아 노트북을 켜고 이구는 다용도실로 향했다. 커피를 내리고 라운지에 서서 통창 너머로 펼쳐진 스카이라인을 바라보며 커피를 마셨다. 풍경을 감상하는 게 아닌 오늘 해야 할 일들을 머릿속에 정리하는 시간이었다. 다시 자리에 돌아온 이구는 오전 회의 때 보고할 자료를 출력한 뒤 꼼꼼하게 살펴봤다.

신설된 만큼 PLCC 사업 본부는 활기가 넘쳤다. 거기서 내가 하는 일이란 제휴할 브랜드 목록을 만들고 각 업체를 분석해 보고서를 작성하는 일이 고작이었지만, 재밌었다. 카드사와 제휴사가 공동으로 기획하고 운영하는 PLCC 사업이 성공한다면 앞으로 고객을 유치하는 방법은 물론 신용카드 업계의 생태가 완전히 달라질 거였다.

그리고…… 사업은 성공적이었다. 그해 말, 우리 사업본부는 국내 최초로 PLCC 카드를 발급했다. 나는 그 전에 퇴사해서 함께 기쁨을 누리지 못했지만, 트럭을 몰고 고속도로를 달리다 들른 휴게소 편의점에서 내가 함께 만든 카드를 쓰는 사람을 봤을 때나 당시 팀장이었던 선배가 임원으로 선임됐다는 기사를 봤을 때는 마음이 조금 환해지기도 했다.

오전 회의가 끝나고 이구는 동료들과 함께 엘리베이터로 향했다.

"오늘 구내식당 메뉴가 뭐야?"

접촉 중인 업체 사람들과 어젯밤 늦게까지 술을 마신 팀장이 하품하며 묻자 똘똘한 팀 막내가 카랑카랑한 목소리로 대답했다.

"한식 A코스는 나주곰탕, B코스는 묵은지고등어조림입니다. 인터내셔널 A코스는 로제파스타, B코스는 우육탕면, 스낵 코너는 잔치국수와 물만두 되겠습니다!"

"괜찮네. 오늘은 구내식당 가서 해장 좀 해야겠다."

지하 식당에 도착해 각자 원하는 코스 앞에 줄을 서고,

사원증을 찍은 다음 음식을 받고, 발 빠른 막내가 잡아놓은 자리에 모여 앉았다. 밥을 먹는 동안에도 일 얘기는 끊이지 않았다. 일구는 10년 뒤에 펼쳐질 자신의 멋진 미래에 푹 빠져서 마치 팀원이 된 것처럼 사람들 얘기에 집중했고, 구는 이구의 목에 걸린 사원증을 탐냈다.

"이걸로 또 뭘 할 수 있어요?"

"회사에 직원들이 운동할 수 있는 곳이 있거든. 거기도 이용할 수 있어."

"우와!"

구는 이구의 목에 걸린 사원증을 소중히 쓸어보고, 식당 곳곳을 돌아다니며 구경했다. 계속해서 화면이 바뀌는 메뉴판 모니터도 신기한지 한참을 올려다봤다.

하지만 일구도, 구도 오후가 되면서 조금씩 지루해진 모양이었다.

오후에 팀장급 회의가 끝난 뒤에 또다시 이어진 팀 회의, 회의 후에 다시 모니터만 바라보는 시간들이 충분히 따분할 만했다.

"그나저나 현기는 어떻게 살아요?"

불쑥 떠오른 듯 일구가 물었다.

"나보다 공부 잘했으니까, 더 좋은 대학 갔으려나?"

나는 대답하는 대신 웃어 보였다. 일구가 그럴 줄 알았다는 듯 고개를 탈탈 흔들었다.

현기와 내가 같은 고등학교에 진학하면서 약속한 게 하나 있었다. 그건 대학도 같이 2호선을 타고 다니자는 거였다. 그리고 우리는 약속처럼 2호선을 타는 대학생이 되었다. 나는 신촌역, 현기는 서울대입구역. 영문과에 입학한 현기는 1학년을 마치고 군에 입대했다. 제대하고 얼마 뒤 영화를 공부해보겠다며 런던에 있는 예술대학으로 떠났는데, 그 무렵 나는 군 복무 중이었다. 자연스럽게 연락이 뜸해질 수밖에 없는 상황에서 우리는 결국 멀어졌다. 초등학교 5학년부터 고등학교 3학년까지, 가족보다 더 오랜 시간을 함께한 친구였다는 사실이 가끔은 꿈처럼 느껴졌다. 요즘 같은 세상에 다시 연락할 방법을 찾는 건 어렵지 않았지만, 여전히 현기가 많이 보고 싶었지만, 나는 아무것도 하지 않았다. 때론 세월이라는 게 우리를 그냥 살게 하기도 했다.

"언제 집에 가요?"

참을 만큼 참은 구가 상체를 비비 꼬면서 물었을 때, 이구의 휴대전화가 환해졌다. 모니터엔 엄마, 두 글자가 떠 있었다.

"엄마다!"

금세 얼굴이 환해진 구와 달리 이구는 피로한 얼굴로 화면을 바라보다 휴대전화를 엎어두었다. 파워포인트로 작성한 보고서 더미 위에서 휴대전화가 가늘게 떨리다 이내 잠잠해졌다. 그리고 잠시 뒤 짧게 한 번 진동했다. 이구가 휴대전화를 확인했다.

아들, 많이 바빠? 오늘 저녁 먹으러 올래?

이구는 답장 없이 휴대전화를 엎어두었다. 노트북에 시선을 돌리고 몇 글자 타이핑하던 이구가 손을 멈추고 잠시 생각에 잠겼다가 휴대전화를 들었다.

못 가. 오늘 야근.

짧게 답장을 보내고 이구는 노트북 화면에 집중했다. 나는 노트북 귀퉁이에 표시된 날짜를 확인했다. 엄마와 은우가 울릉도로 떠나기 하루 전이었다.

4

신천역 4번 출구.

이구를 따라 계단을 올라갔다. 이십대 후반, 매일 오르내리던 계단이었다.

회사 근처라고는 했지만 원룸을 얻은 곳은 역삼역에서 지하철로 네 정거장 떨어진 신천역 부근이었다. 순환선인 2호선 노선도를 놓고 보면 집에서 반대되는 지점이었다. 새마을시장이라 부르는 재래시장과 먹자골목이 늘어선 곳. 조금만 걸어가면 한강공원이 나오는 곳.

"여긴 어디야?"

먹자골목을 지나며 일구가 물었다.

"오늘 야근이라며? 쟤 어디 가는 거야?"

불만 섞인 목소리로 일구가 재차 물었지만 나는 대답할

말을 찾지 못했다. 오늘이 무슨 날인지 알고 난 뒤로 나는 한 가지 생각에 사로잡혀 있었다. 되돌릴 수 없을까. 어떻게든 이구한테 알려서 엄마랑 은우가 여행을 가지 못하게 막을 방법이 없을까.

"다리 아파?"

자꾸 뒤처지는 구를 일구가 기다려주며 물었다. 루나파크에서 많은 에너지를 소모한 데다 만원 지하철까지, 걸음이 느려질 만했다. 일구가 등을 보이며 무릎을 구부렸다.

"업혀."

구가 배시시 웃으며 일구의 등에 몸을 맡겼다.

먹자골목을 지나 주택가로 들어섰다. 비슷하게 생긴 다세대주택이 골목에 빽빽하게 자리 잡고 있었다. 문득 이곳 분위기가 아홉 살 때 살던 동네와 비슷하다는 생각이 들었다. 1층엔 퀸미용실이 있고, 2층엔 작지만 우리 세 식구가 함께 사는 집이 있던 동네. 매일 살을 맞대고 누워 깔깔 웃고 장난치다 잠들던, 지금은 사라진 동네. 그러고 보니 신천역도 사라진 것이나 다름없었다. 내가 다시 신정동 아파트로 들어가고 이듬해 잠실새내역으로 이름이 바뀌었으니까.

원룸에 들어가자마자 이구는 에어컨부터 켰다. 간단히

속옷을 챙겨 욕실로 들어갔다. 한쪽 끝에는 주방이 있고 반대쪽 끝에는 침대가 있는 직사각형 공간. 주방과 거실을 구분하는 건 2인용 식탁이었고 거실과 방을 구분하는 건 침대였다.

이 집을 얻을 때 가장 마음에 들었던 건 주방에 있는 창문이었다. 침대에서 보면 벽에 커다란 액자를 걸어둔 것처럼 보였다. 창문 너머로 공터가 있었고 거기 몸통이 제법 굵은 나무 한 그루가 서 있었는데, 덕분에 월세가 저렴한 집에서도 사계절을 다 가질 수 있었다. 잎이 무성해진 여름날, 주말에 라면을 끓이거나 설거지하면서 창밖을 내다보면 골목길에 나무 그림자가 쏟아져 있었다. 나뭇잎이 달린 높이에 따라 그림자는 저마다 다른 농도로 바닥에 겹겹이 쌓여 있었고, 바람이 불어올 때면 수시로 무늬를 바꿨다. 그 풍경을 보고 있으면 아름다운 꿈을 꾸는 기분이었다. 하지만 그런 풍경에 마음을 내준 것도 그리 오래가지는 않았다.

"이제 여기 사는 거야?"

일구가 작은 공간을 쓱 둘러보더니 혼잣말처럼 투덜거렸다.

"뭐야, 야근이라며."

"엄마랑 은우는?"

이번에는 구가 물었다. 나는 잠시 망설이다 구의 작은 머리통에 손을 얹었다.

"집에서 회사 다니기엔 너무 멀어서, 그래서 이구 혼자 여기서 지내는 거야."

나는 나에게 거짓말을 했다.

이게 꿈이 아니라면, 구의 시간도, 일구의 시간도, 전부 각자의 것으로 흘러가는 진짜 시간이라면 언젠가 둘 다 이구만큼 나이를 먹고 깨닫게 될 것이다. 실은 내가 도망쳤다는 것을.

나에게 처음 해류 얘기를 꺼낸 날 이후로 은우는 자기 삶에서도, 집에서도 점점 더 고립됐다. 고등학교를 졸업한 후에는 외출도 거의 하지 않았다. 그동안 나는 대학에 입학했고, 군대에 갔고, 제대 후에는 취업 준비로 바쁘게 보냈다. 은우가 점점 우울에 빠지고 있다는 걸 알고도 사실 내가 뭘 어떻게 해야 할지 몰랐다. 마음이 축축한 날도 있었고, 겁나는 날도 있었고, 피로한 날도 있었다. 아무것도 하지 못하고, 혹은 하지 않고, 나는 가끔 굳게 닫힌 은우의 방문을 바라보다가 엄마한테 한마디 툭 던질 뿐이었다.

"은우 쟤, 병원에 좀 데려가요."

내심 엄마를 탓하는 마음도 있었던 게 사실이다. 엄마가 죽고 싶다는 말을 습관처럼 했기 때문에 그 마음이 은우에게 전염된 거라고.

원룸을 얻어 따로 살면서 나는 한 달에 한 번 정도 신정동 집에 갔다. 가서는 보통 이런 식이었다.

"은우 약 잘 먹고 있어요?"

내가 물으면 엄마는 말없이 고개를 저었다. 그리고 침묵.

"머리 잘랐네?"

"바빠서, 회사 앞에서 대충."

밥을 먹거나 텔레비전을 보는 나를 가만히 바라보다 엄마가 물어보면, 나는 겸연쩍은 얼굴로 대답했다. 그리고 침묵.

어린 시절, 엄마는 우리에게 죽고 싶다는 말을 자주 하긴 했지만, 그만큼 재밌는 얘기도 많이 들려줬다. 무엇보다 그땐 어떻게든 엄마를 지키고 싶었던 어린 내가 있었다. 그리고 은우. 엄마 품에 안겨 애교스럽게 볼을 비비던 은우. 불 끄기 싫어서 자는 척하던 은우는 사라진 지 오래였다. 우리가 함께였던 그 시절로부터 너무 멀어졌다는 걸 실감할 때면 나는 내 원룸으로 도망치고 싶었다.

이구가 수건으로 머리를 털며 욕실에서 나왔다. 이구를 노려보던 일구가 벌떡 일어났다.

"난 집에 갈래."

잡을 틈도 없이 일구는 현관문을 통과해 밖으로 나갔다.

"어떡해?"

구가 걱정스러운 얼굴로 나를 돌아봤다.

"나도 엄마 보러 가고 싶은데……."

구가 슬며시 내 눈치를 봤다. 구의 마음을 모르는 건 아니지만, 갈 수 없었다. 나는 이구에게 꼭 전해야 할 말이 있었다.

이구는 텔레비전을 켜놓고 냉장고에서 맥주와 치킨을 꺼냈다. 냉장고 한쪽에 엄마가 싸 준 반찬이 그대로 쌓여 있었다. 전날 주문해서 먹고 남은 치킨을 전자레인지에 데우고 이구는 2인용 식탁에 앉아 맥주를 마셨다. 나는 이구 맞은편에 앉았다. 어떻게 하면 될까. 방법이라는 게 있는 걸까.

"도형우!"

나는 온 힘을 다해 나를 불렀다. 텔레비전에 머물러 있는 이구의 시선은 조금도 변함이 없었다. 나는 이구의 손을 쳤다. 식탁에 놓인 맥주를 쳤다. 하지만 그저 통과할 뿐 내 손이 할 수 있는 건 아무것도 없었다.

"왜 그래요?"

구가 겁먹은 눈빛으로 물었다. 엄마와 은우가 그렇게 떠나버린 걸 알면 이 아이의 마음이 어떨까. 아이의 작은 심장이 견딜 수 있을까. 말할 수 없었다. 절대 말할 수 없다고 생각하는데, 멀리서부터 요란한 소리가 들려왔다. 마치 소리가 이쪽을 향해 빠르게 날아오는 것처럼 가까워지더니 벽을 통과하면서 일구가 방바닥에 떨어졌다. 깜짝 놀란 구가 내 품에 안겼다. 놀라긴 나도 마찬가지였다. 일구가 주변을 둘러보더니 한숨을 내쉬었다.

"하아……."

"뭐야? 어떻게 된 거야?"

"나도 몰라. 전철역 근처까지 갔는데, 점점 발이 무거워지면서 못 움직이겠더니 순식간에 여기로 날아왔어. 꼭 커다란 자석이 끌어당기는 것처럼."

일구가 이구를 쏘아보며 말했다. 온몸에서 힘이 빠졌다. 이곳에서 내가 할 수 있는 건 아무것도 없다는 설명을 들은 기분이었다. 이곳에선 그저 관찰자일 뿐이라고 누군가 알려준 기분이었다. 우리를 보지도, 우리 말을 듣지도 못하는 이구는 텔레비전을 보면서 의미 없는 웃음을 터뜨리고 있었다.

이구가 불을 끄고 침대에 누웠다. 누워서 이리저리 뒤척

거리더니 이내 고르게 숨을 내쉬며 잠이 들었다.

"쟤, 마음에 안 들어."

어둠 속에서 일구가 중얼거렸다.

"더럽게 재미없게 사네."

일구는 몸을 돌려 이구를 등지고 누웠다. 내 팔을 베고 누운 구는 졸린지 자꾸 하품했다.

스물아홉의 나는 외적으로 가장 빛나는 나이였지만, 속은 그렇지 않았다. 그땐 잘 몰랐는데, 열심히 잘 살고 있다고만 생각했는데, 지금 보니 스물아홉의 나도 우울의 영역에 닿아 있었다. 우울을 외면하는 방식으로.

어릴 때, 열까지 세는 방법은 세 가지였다.

첫 번째는 하나, 둘, 셋, 넷…… 이렇게 차례대로 세는 방법이었다.

두 번째는 하나씩 차례로 세다 뒤로 가면서 숫자와 숫자 사이에 반, 반의반, 반의반의 반 같은 말을 넣어가며 시간을 끄는 방법이었다.

세 번째는 구구단으로 2, 5, 10! 하고 빠르게 끝내는 방법이었다.

구의 삶이 반…… 반의반…… 반의반의 반…… 으로 1분 1초가 섬세하고 느리게 흘러갔다면, 이구의 삶은 2, 5, 10으로 단조롭고 빠르게 흘러갔다. 분명 나의 세계는 확장됐는데, 나의 삶은 더 작아진 기분이었다. 이 무렵의 나는 작은 행복을 스쳐 가는 사람으로 변해 있었다. 삶에서 온도도, 빛깔도, 진짜 웃음도 다 빠져나간 것 같았다.

여기서 잠이 들면 다시 바닷가에서 깨어나겠지.

잠들면 안 될 것 같았다. 구가 베고 있는 팔을 조심스럽게 빼고 앉았다. 등을 곧게 펴고, 어둠 속에서도 눈을 크게 떴다.

내일이면 엄마랑 은우가 울릉도로 떠난다. 배를 탄다. 그리고……

잠든 이구를 흔들었다. 손은 이구의 몸 안에서 허우적댈 뿐이었다. 이구의 귓가에 대고 이름을 불렀다. 엄마와 은우를 잡으라고 되뇌었다. 이구는 아무런 반응이 없었다.

어떻게 해야 하나.

어떻게 하지.

눈꺼풀이 점점 무거워졌다. 잠에서 깨려고 한 손으로 다른 손을 세게 지압했다. 손등을 꼬집었다. 자꾸만 몸에 힘이 풀렸다. 잠든 기억이 없는데 자꾸만 의식의 흐름이 끊겼다.

잠들면 안 된다고 생각하다가…….

안 된다고 생각하다가…….

나는 잠이 들었다.
더 깊은 잠 속으로 가라앉았다.
천천히.
천천히.

5

검은 물속에 엄마가 있다.

엄마 앞에 물보다 더 검은 그림자가 있다.

엄마가 온 힘을 다해 그림자를 밀어 넣는다.

끝을 알 수 없는 바닥으로 그림자를 밀어 넣고 수면을 향해 헤엄친다.

그림자가 가라앉는다.

그림자는 깊이…… 더 깊이 가라앉으며 손바닥만큼 작아졌다가…… 손톱만큼 작아졌다가…… 점만큼 작아졌다가…… 바닥을 알 수 없는 어둠의 일부가 된다.

나는 그림자가 사라진 어둠을 응시한다.

아빠!

6

뺨 위로 바람이 지나갔다.

익숙한 바다 내음이 코끝을 스쳤다. 숨을 깊이 들이마시자 몸속에 바닷물이 차오르는 기분이었다. 심장이 깊숙이 가라앉았다.

꿈…….

꿈을 꾸었다.

그것은 분명 엄마가 아빠를 물속 깊이 밀어 넣는 꿈이었다.

어깨를 쓸었다. 악몽을 꾸고 나면 늘 한기를 느꼈다. 바닷가의 태양이 이토록 강렬한데 나는 몸을 떨었다.

이곳에 와서 처음으로 꿈을 꿨다. 그렇다면 이 바닷가는 꿈속이 아닌 걸까. 어떤 게 꿈이고 어떤 게 현실일까. 현실

없는, 그저 꿈들의 연속인 걸까.

"꿈에서 아빠 만났어요?"

내가 누운 해먹에 턱을 괴면서 구가 물었다. 나는 아무 말도 못 하고 그저 구의 머리에 손을 얹었다. 보드라운 머리카락을 가만가만 쓸어내렸다.

"아빠 기억나요?"

나는 천천히 고개를 저었다. 구 옆에 있던 일구가 코를 훌쩍하더니 괜히 손가락으로 코 밑을 문질렀다. 이구는 조금 떨어진 곳에 서 있었다. 하얀 티셔츠에 청색 체크무늬 잠옷 바지를 입고 빨간색 플립플롭을 신은 채로. 묻고 싶은 게 많은 얼굴로.

태양이 뜨겁게 내리쬐었다. 누군가 거대한 무대에 달아둔 조명등처럼, 같은 자리에 붙박인 채로 이글거리는 열기만 뿜어냈다. 불꽃놀이를 떠올리게 하는 야자수 그림자도 변하지 않았다. 시간은 멈췄는데, 파도는 끝없이 밀려오고 간간이 바람이 불어왔다.

"우리가 이렇게 모인 데는 다 이유가 있지 않을까?"

침묵을 깨고 이구가 입을 열었다.

"하고많은 날 중에 과거의 그날로 돌아간 이유도 있을

거고."

　구와 일구로부터 이곳에 온 일, 이후에 겪은 일들을 전해 듣고 한동안 생각에 잠겨 있던 이구는 명민한 눈빛으로 나를 바라봤다. 그 이유를 나는 알고 있을 거라는 듯이.

　"오늘은 왜 아무 일도 없지?"

　야자수에 기대앉아 두리번거리던 일구가 말했다. 이상했다. 일구 말처럼 오늘은 아무 일도 일어나지 않았다. 물방울이 반짝이던 수돗가도, 아이스크림 가게로 이어지는 길도, 루나파크 가는 길에 펼쳐진 야자나무 숲도 더는 보이지 않았다. 해먹과 몇 그루의 야자수, 모래사장과 파라솔, 테이블이 딸린 선베드, 그리고 하늘과 바다가 전부였다. 내가 처음 이곳에 왔을 때처럼.

　이제 더는 갈 곳이 없기 때문인가.

　아홉 살의 나도, 열아홉 살의 나도, 스물아홉 살의 나도 살아 있었지만 서른아홉 살의 나는 죽었으니까. 이제 죽고 없으니까.

　아홉 살의 나, 열아홉 살의 나, 스물아홉 살의 나를 차례로 바라보는데…… 순간 목구멍에 울음이 꽉 차올랐다. 미안했다. 모든 나에게, 미안한 마음이었다. 이 모든 일이 내가 비강항에 간 뒤에 생겼기 때문에, 아니, 내가 엄마와 은우로부터 달아났기 때문에, 엄마를 지키지 못했기 때문에 벌어진 일이었다. 결국 구도, 일구도, 이구도 전부 내가 죽인 셈이었다. 아니, 어쩌면 너희들은 바꿀 수 있을까? 너희들은 각자의 시간을 달리 살 수 있지 않을까? 그러려면 어떻게 해야 하나. 방법을 몰랐다. 아니, 이것이 꿈인지 현실인지 또 다른 무엇인지조차 알 수 없었다. 알 수 있는 게 하나도 없었다. 그때였다.

딸칵.

커다란 태엽을 감는 소리가 들리더니 풍경이 변하기 시작했다. 마치 거대한 회전판 위에 세워둔 무대처럼 풍경이 180도로 돌아가고 있었다.

딸칵.

태엽이 멈췄을 때, 세상은 낮에서 밤으로 변해 있었다. 똑같은 배경인데 앞면엔 낮의 풍경을, 뒷면엔 밤의 풍경을 그려놓은 거대한 무대에 서 있는 기분이었다. 이제 규칙이 바뀌었다. 여기가 어디인지, 왜 자꾸 여기로 돌아오는지 알 수 없었지만 과거의 어느 시점으로 갔다가 그때의 나와 함께 여기로 돌아온다는 짐작 가능했던 규칙마저 무너진 셈이었다.

"이게 뭐야? 어떻게 된 거야?"

구도, 일구도, 이구도 경이와 두려움이 뒤섞인 얼굴로 주위를 둘러봤다. 파랗기만 하던 하늘에 보랏빛과 분홍빛이 뒤섞인 진한 노을이 번지고 있었고, 바다는 거울처럼 그 빛깔을 고스란히 담고 있었다. 하늘과 바다의 경계에는 주황색보다 은근하고 노란색보다 뜨거운, 오묘한 빛깔이 일직선을 이루고 있었다.

"저기!"

구가 뭔가를 발견하고 파라솔 쪽으로 달려갔다. 일구가 그 뒤를 바짝 따라갔고, 이구와 나도 서둘러 움직였다.

파라솔 아래 놓인 테이블에 음식이 가득했다. 신선한 해산물 샐러드, 가스파초, 감자를 곁들인 문어 요리, 칼라마리 튀김, 새우와 올리브를 얹은 핀초, 멜론을 올린 하몽, 굴을 올린 초리조, 파에야, 추로스, 거기에 상그리아와 오렌지주스, 젤라토까지.

"이거 뭐야. 최후의 만찬, 그런 건가?"

일구가 중얼거렸다. 잠시 망설이던 일구가 상그리아 잔을 들었다. 구는 오렌지주스 잔을 들었다.

"가보면 알겠지. 일단, 먹고 마시자!"

일구가 잔을 높이 들었다. 머뭇거리던 이구와 나도 상그리아 잔을 들었다. 잔 네 개가 맑은 소리를 내며 부딪혔다.

어디선가 부드럽고 시원한 바람이 불어왔다. 보랏빛과 분홍빛이 뒤섞인 노을은 아무리 봐도 질리지 않았다. 구가 배부르고 졸린 얼굴로 일구 어깨에 머리를 기댔다.

이 밤이 지나고 나면 어떤 일이 생길지 아무것도 알 수 없었다. 다만 이곳이 내어준 만찬 덕분에 어쩐지 이것이 우리가 함께하는 마지막 밤이 될지도 모른다는 예감이 들었다. 이 밤이 지나고 나면 나는 어떻게 되는 걸까. 어디로 가는 걸까.

취했기 때문일까. 구의 머리를 쓰다듬던 일구가 불쑥 구를 품에 안았다. 숨 막힌다며 컥컥거리던 구가 어느 순간 팔을 벌리고 일구를 안았다. 일구가 코를 훌쩍거리자 이번에는 이구가 팔을 크게 벌리고 일구를 안았다.

아홉 살의 나.

열아홉 살의 나.

스물아홉 살의 나.

다른 듯 닮은 나들을 바라보다가 나도 팔을 벌려 이구를 안았다. 내 품 안에 이구도, 일구도, 구도 다 들어 있었다. 우리가 서로 안고 있는 모습이 꼭 나이테 같다는 생각을 하면서, 나는 또 다른 나들을 더 세게 끌어안았다.

1

"도형우!"

나를 부르는 소리에 눈을 떴다.

환한 빛.

부옇던 시야가 조금씩 선명해졌다. 하얀색 바탕에 잔잔한 베이지색 다이아몬드 무늬가 반복되는 벽지. 여기가 어디지. 몸을 일으켰다.

"도형우!"

소리가 들려오는 곳으로 시선을 옮겼다. 활짝 열린 창 너머에서 째르르, 하고 매미들이 동시에 울어대기 시작했다. 창가로 다가갔다. 창문 아래 마당에서 이구가 나를 부르고 있었다. 아니, 이구보다는 나이 들어 보이고 나보다는 젊어 보이는 사람이었다.

누군가 내 옆에 가까이 다가왔다. 이구였다. 반가움과 놀라움과 모든 궁금증을 뒤로하고 이구도 나와 같은 곳을 바라봤다. 일구도 틈새로 고개를 빼고 아래쪽에 서 있는 남자를 봤다. 그러고는 나를 돌아봤다. 저 남자는 몇 살의 나인지 묻는 것처럼.

고개를 돌려 방 안을 살폈다. 다이아몬드 무늬 벽지, 노란 장판, 나란히 붙어 있는 책상 두 개, 맞은편 벽에 놓인 2층 침대, 서랍장 하나, 장난감 바구니. 순간 머릿속이 아득해졌다. 뜨거운 볕에 오래 서 있었던 것처럼 어찔한 현기증이 일었다.

이제 막 잠에서 깨어난 구가 눈을 비비며 일구와 이구 사이로 파고들었다. 꼬맹이 구는 까치발을 들고 창밖을 내다봤다.

"도형우! 도은우!"

창문 아래 서 있는 남자가 외쳤다. 공용 출입문을 열고 아이가 마당으로 뛰어나왔다. 질세라 또 한 명의 아이가 달려 나왔다. 여덟 살의 나, 그리고 여섯 살의 은우였다. 은우와 나는 날다람쥐처럼 뛰어올라 남자 몸에 매달렸다. 아이 둘을 매달고도 남자는 빙글빙글 가뿐하게 제자리를 맴돌았다. 아이들이 비눗방울 같은 웃음을 터뜨렸다.

창밖에 둔 시선을 떼지 못한 채 구가 중얼거렸다.
"아빠……."

2

 3층으로 지은 다세대주택. 한 층에 두 세대씩, 지하층까지 합하면 총 여덟 가구가 사는 건물 앞에 작은 마당이 하나 있었다. 푸른 잔디 대신 차가운 시멘트를 발라놓긴 했지만, 한쪽엔 오래된 벚나무 한 그루가 서 있었고 나무 옆엔 작은 화단도 있었다. 화단에 물을 주거나 마당을 청소할 요량으로 만들어둔 수돗가도 있었는데, 여름날 수돗가는 다세대주택에 사는 꼬맹이들의 물놀이장으로 변했다.

 모란빌라 301호, 우리 네 식구가 살던 집이었다. 엄마, 은우, 나, 세 식구가 아닌 아빠까지 넷이 함께 살았던 집. 되찾은 기억의 조각 하나를 손에 쥐고 나는 주택 대문을 나서는 아빠를 따라갔다. 왠지 모르게 안개 속을 걷는 기분이었다. 오랜 세월이 흘러 희미해진 기억이 아닌, 아빠를 잃은 슬픔을 감당하기 위해 스스로 삭제해버린 시간 속에 들어온 거였다. 이곳에서 어떤 게 튀어나올지 몰라 긴장됐다. 비슷한 심정일까. 구도, 일구도, 이구도 조심스럽게 걸음을 옮겼다. 우리는 침묵 속에서 우리가 잃어버린 시간을 관망했다.

여덟 살 나와 여섯 살 은우는 아빠 뒤를 따라서 골목을 걷고 있었다. 저만큼 걸어갔던 아빠가 다시 주택 쪽으로 돌아왔다. 잃어버린 아빠. 아빠의 얼굴. 오랜 시간 돌고래가 대신했던 자리에 나와 꼭 닮은 얼굴이 들어 있었다. 이만큼 다가왔던 아빠가 다시 저만큼 걸어갔다. 은우와 나는 뭔가 이상하다는 얼굴로 아빠를 따라갔다. 아빠가 다시 주택 쪽으로 걸어왔다.

"아빠, 왜 자꾸 여기서 왔다 갔다 해?"

"아들들, 눈치 못 챘어?"

"뭐를?"

아빠가 모란빌라 담장 옆에 멈춰 섰다.

"짜잔!"

아빠가 개그맨처럼 과장된 몸짓으로 뭔가를 가리켰다. 아빠 옆에는 빨간색 프라이드 한 대가 서 있었다. 한껏 들뜬 아빠와 달리 두 아들은 시큰둥한 얼굴이었다.

"이거 누구네 차야?"

은우가 물었다.

"우리 차지!"

아빠는 다소 김이 빠진 목소리였다.

"산 거야?"

여덟 살의 내가 물었다. 완전히 김이 빠져버린 아빠는 긴 한숨을 내쉬었다.

"이게 중고차여도…… 그…… 엄마가 빨간색을 무지 좋아하잖아!"

"엄마가 빨간색을 좋아해?"

"이 녀석들, 엄마가 빨간 립스틱을 얼마나 좋아하는데!"

마침내 명분을 찾은 아빠는 금세 기분이 좋아졌다.

"자, 지금부터 엄마가 오기 전까지 이 차를 깨끗이 닦는 거야. 도형우, 도은우! 수돗가 가서 물 받아 와."

아빠가 차에서 플라스틱 양동이를 꺼내 나에게 넘겼다. 내가 입을 비죽 내밀고 양동이를 받았다.

"난 갤로퍼가 제일 멋진데……."

여덟 살의 나는 들릴 듯 말 듯한 소리로 중얼거리며 수돗가로 향했다. 뒤따라오던 은우는 뭔가 생각났다는 듯 나를 앞질러 달려갔다. 고무 대야에 동동 떠 있는 바가지를 잡고 있다가 내가 다가가자 물을 홱 끼얹었다.

"웃, 차가워!"

인상을 찌푸렸던 나는 곧 만면에 미소를 띠었다. 은우가 다시 바가지에 물을 채우기도 전에 양동이를 휘둘러 녀석을 쫓아내고 대충 물을 퍼 담았다. 활짝 열린 대문 뒤에 숨은 녀석을 발견하고 나는 두 손으로 양동이를 들고 엉거주춤 달려갔다. 가는 길에 물을 반쯤 흘리면서도 신이 나서 낄낄거렸다.

"웃, 차거!"

내가 양동이에 든 물을 뿌렸을 때, 대문 안으로 들어서던 아빠가 물세례를 맞았다. 정작 은우는 구석으로 몸을 피한 뒤였다.

"이 녀석들, 물 받아 오랬더니······."

아빠가 젖은 옷을 툭툭 털다가 내 손에 들려 있는 양동이를 빼앗아 수돗가로 달려갔다.

"이 녀석들, 맛 좀 봐라!"

양동이 가득 물을 담아 달려오는 아빠를 보고 여덟 살의 나와 여섯 살의 은우는 비명을 지르며 골목으로 달아났다. 휘파람보다 더 가볍고 시원한 비명이었다. 아빠가 성큼

성큼 몇 걸음 만에 은우와 나를 따라잡았다. 그리고 촤악. 사방으로 물이 튀었다. 여름날 햇빛 속에 떠 있는 물방울들이 크리스털처럼 반짝였다.

3

"도형우, 방학에 어디 가고 싶어?"

뜨거운 쌀밥에 마가린을 한 숟가락 올리면서 아빠가 물었다. 사르르, 마가린이 녹아들자 아빠가 밥을 쓱쓱 비볐다. 우리 형제가 좋아하는 간장계란밥이었다. 아빠는 몇 달 전부터 회사에 나가지 않고 요리부터 살림까지 집안일을 도맡고 있었다. 빈 숟가락을 입에 물고 고민하던 내가 대답했다.

"용인자연농원!"

"도은우는?"

"나는…… 바다!"

아빠가 은우를 지그시 바라보더니 머리를 쓰다듬었다.

"우리 그럼 하와이 갈까?"

"하와이?"

나도, 은우도 눈이 커다래졌다.

당시 '가고 싶은 해외 여행지'라는 주제로 설문 조사를 하면 일본, 괌 혹은 사이판, 홍콩, 방콕, 싱가포르 같은 곳이 인기였는데, 부동의 1위는 역시 하와이였다.

"도은우, 하와이엔 뭘 타고 가지?"

"비행기!"

"땡!"

아빠가 젓가락으로 밥그릇을 통, 치면서 입으로 땡, 소리를 냈다.

"하와이엔 자동차 타고 가지!"

그랬다. 아빠가 말한 하와이는 미국의 50번째 주이자 태평양의 낙원이라 불리는 그곳이 아닌, 경상남도 창녕군 부곡면에 있는 하와이였다.

남국의 정취가 살아 있다!

시원하게! 오싹하게! 새롭게 단장한 부곡하와이.

입장료 한 장으로 시원한 여름을!

부곡하와이!

여름이 다가오면서 텔레비전에 자주 노출된 광고 덕이

었을까. 진짜 하와이가 어디 붙어 있는지 알 리 없던 은우는 텔레비전에서 본 부곡하와이에 간다는 말에 손뼉을 쳤다. 머리에 수건을 두른 채 욕실에서 나온 엄마를 보고 은우가 신이 나서 외쳤다.

"엄마, 우리 부곡하와이 간대!"

미용사 보조로 일하던 엄마는 피로한 얼굴로 고개만 끄덕였다. 머리를 다 말리지도 않고 은우 옆자리에 앉은 엄마는 은우가 제일 좋아하는 소시지를 작게 잘라 밥에 얹어 주었다.

다음 날 이른 아침.

우리 네 식구는 빨간색 프라이드에 올라탔다.

신이 나서 만화영화 주제가를 메들리로 부르던 은우는 서울을 벗어나기도 전에 잠이 들었다. 바깥 풍경을 보다 이내 심심해진 나는 주머니에서 부스럭거리며 뭔가를 꺼냈다. 학교 앞에서 팔던 불량 식품, 파핑캔디였다. 표시된 선을 따라 포장지를 뜯어 한쪽 손바닥에 대고 톡톡 몇 번 치자 파란색 가루가 쏟아졌다. 가루를 한입에 털어 넣고 나는 눈을 질끈 감았다. 입안에서 타닥타닥 수십 개의 작은 불꽃이 터지는 그 맛. 불꽃이 온몸으로 퍼지면서 심장과 팔다리에 짜릿한 전기가 도는 듯한 기분 좋은 그 맛. 어린 시절 방문 너머에서 아빠랑 엄마가 다투는 소리가 들리는 밤이면 나는 입안에 파핑캔디를 털어 넣곤 했다. 그러면 기분이 금세 나아졌다.

"다음 휴게소에서 잠깐 쉬었다 가자."

아빠가 운전대를 잡은 채로 어깨를 크게 한 바퀴 돌렸다. 조수석에 앉은 엄마는 무릎에 올려둔 전국 관광 지도를 자꾸 들춰 봤다.

고속도로 휴게소는 쉼터라기보다 만물 시장 같았다. 식당과 매점은 물론이고 노점엔 어린이의 마음을 사로잡는 장난감, 하와이안 셔츠와 수영복, 튜브, 선글라스, 모자, 최신 가요만 모아놓은 카세트테이프, 효능을 알 수 없는 건강식품까지 없는 게 없었다.

휴게소에 도착해서 은우랑 내가 제일 먼저 달려간 곳은 핫도그 매점이었다. 은우랑 나는 늘 핫도그에 케첩과 머스터드소스를 구불구불 뿌린 다음 빵부터 야금야금 뜯어 먹었다. 나무 막대에 꽂아둔 소시지만 남았을 때 우리는 케첩 한 줄, 머스터드소스 한 줄을 더 뿌린 다음 소시지를 먹었다. 어릴 땐 이렇게 먹어야 훨씬 맛있게 느껴졌다. 야쿠르트를 마실 때 통의 바닥 면을 이로 물어뜯어 내용물을 쪽쪽 빨아 먹던 이유와 비슷했다.

"형우 아빠······."

우리 형제가 이제 막 소시지를 먹기 시작했을 때, 화장실에 갔던 엄마가 한쪽 다리를 질질 끌며 돌아왔다.

"왜 그래?"

아빠가 엄마 팔을 붙들며 다리를 살펴봤다.

"다친 게 아니고 샌들이······."

오른쪽 샌들이 말썽이었다. 발가락을 감싸는 끈이 끊어져 더 이상 신발의 기능을 할 수 없는 상태였다.

"형우 아빠, 우리 그냥 집에 갈까?"

엄마 말에 아빠가 허리춤에 손을 얹고 고개를 돌렸다.

"나는 부곡하와이 가고 싶은데."

은우가 소시지를 한입 베어 물며 말했다. 그러고는 손가락을 펼쳐 한 곳을 가리켰다.

"저기서 하나 사 신으면 되겠네."

하와이안 셔츠와 수영복을 걸어놓은 매대 아래 신발이 진열돼 있었다. 아빠가 그쪽으로 성큼성큼 걸어갔다. 은우와 나도 뼈대만 남은 핫도그를 흔들며 아빠를 따라갔다.

"여자 샌들이요. 235 사이즈로."

상인이 몇 가지를 꺼내 보여주자 아빠가 그중 하나를 골랐다.

"이게 좋겠네."

한쪽 발을 질질 끌고 온 엄마가 가격표를 보더니 고개를 저었다.

"물놀이 가니까 그냥 쪼리 신으면 돼."

엄마는 플립플롭을 늘어놓은 쪽에 쪼그리고 앉아서 신발을 구경하다가 빨간색 플립플롭을 골랐다.

"이것 봐. 너희 엄마 빨간색 좋아한다니까!"

아빠가 웃으면서 지갑을 꺼냈다. 돈을 건네려다 말고 아빠가 엄마 옆에 나란히 앉았다.

"이거 내가 신을 만한 사이즈도 있어요?"

"그럼요! 애들 사이즈까지 다 있어요!"

상술 좋은 상인이 운동화를 신은 은우와 내 발까지 눈어림으로 살펴보더니 적당한 사이즈의 신발을 하나씩 내놓았다.

우리 식구는 똑같이 빨간색 플립플롭을 신고 빨간색 프라이드에 올라탔다.

"얼마큼 남았어?"

플립플롭이 꽤 마음에 드는지 은우가 발을 까딱까딱하며 물었다. 은우는 잠을 자지 않는 동안에는 계속 얼마나 더 가야 하는지 물어봤다. 그리고 아빠는 매번 똑같은 대답을 했다.

"다 왔어. 이제 조금만 더 가면 돼."

"조금이 얼마큼인데?"

"쪼오금."

은우와 나는 플립플롭을 신은 채로 발가락 씨름을 하다가…… 풍선껌 포장지를 손등에 대고 긁어 공룡 판박이 스티커를 붙이다가…… 끝말잇기를 하다가…… 차창에 머리를 기대고 잠이 들었다.

4

통.

토동.

통, 통.

어둠 속에서 소리가 들려왔다. 새가 코코넛 껍질을 쪼아대는 듯 경쾌한 소리였다.

투웅.

퉁퉁투둥, 퉁퉁투둥.

가볍게 울리던 소리가 묵직한 연주로 변했다. 타악기였다. 빠르고 절도 있는 음악. 한곳으로 흐르다 어느 순간 방향을 바꾸는 물살과도 같이 변주를 이루는 리듬. 전사의 무예처럼 강렬하면서도 신을 부르는 듯, 잠든 영혼을 깨우는 듯 애절한 소리에 마음을 빼앗긴 찰나 번쩍, 하고 무대에 조명이 들어왔다. 화려한 불빛 아래 무희들이 서 있었다. 커다란 관을 쓰고, 꽃으로 장식한 목걸이를 걸고, 풍성하게 술이 달린 치마를 두르고, 무희들은 연주에 맞춰 몸을 흔들었다. 그 움직임이 꼭 파도 같았다. 잔잔하던 물결이 순식간에 거친 너울로 변했다.

"엄마……."

낯선 분위기에 긴장한 은우가 엄마 손을 잡았다. 부곡하와이에 도착해서 짐을 풀자마자 실내 유수 풀로 달려온 우리는 이제 막 중앙 무대에서 시작된 공연에 물놀이를 멈췄다. 객석은 이미 꽉 찼고 수영장에서도 충분히 무대가 보여서 우리는 물속에서 훌라춤을 구경했다. 튜브를 탄 은우랑 내가 물살에 흘러가지 않도록 아빠가 튜브에 달린 줄을 꼭 잡고 있었다. 타악기 연주곡에 맞춘 첫 번째 춤이 끝나자 낮잠처럼 나른하고 꿀처럼 달콤한 음악이 이어졌다. 댄서들의 움직임은 멜로디보다 더 나른하고 부드러웠다. 이제야 긴장이 풀렸는지 은우가 말했다.

"꼭 마가린이 사르르 녹는 기분이야."

매혹적인 춤에 푹 빠진 은우가 엄마 귀에 대고 은밀하게 속삭였다.

"근데, 저 사람들…… 진짜 하와이 사람이야?"

실내 유수 풀에서 한참 놀고 우리는 야외 풀로 달려갔다. 무지갯빛 워터슬라이드에 마음을 빼앗겨 제일 높고 긴 미끄럼틀에 도전했지만, 결국 무서워서 타지도 못하고 도로 계단을 내려와 다시 제일 낮은 미끄럼틀 줄에 섰다.

물놀이가 지루해진 우리는 놀이기구를 타러 갔다. 회전목마에서 들려오는 아코디언 연주 소리에 은우와 나는 금세 에너지가 충전됐다. 우리는 제일 먼저 그랜드캐니언을 타러 갔다. 기차처럼 연결된 마차 두 대가 V 자로 구부러진 레일 위에서 왔다 갔다 하는, 롤러코스터와 바이킹을 섞어 놓은 듯한 기구였다. 아빠랑 나랑 같은 마차를 타고, 맞은편에 엄마랑 은우가 올라탔다. 우리는 마차가 바닥으로 미끄러질 때마다 마주 보고 손을 흔들었다.

온천 탕도 들르고…… 열대식물원도 구경하고…… 호텔로 가는 길에 은우가 말했다.

"난 하와이보다 부곡하와이가 더 좋아!"

"에이, 진짜 하와이는 가보지도 못했으면서."

"치이, 형은 가봤냐?"

티격태격하는 우리 형제를 보고 아빠랑 엄마가 잠시 웃었다.

쉴 틈 없이 하루를 보내고 고단한 몸으로 잠든 밤.

어두운 호텔 방에 아빠 혼자 깨어 있었다.

아빠는 베란다에 멍하니 앉아 있었다. 밤하늘을 바라보는 것도, 완만하게 이어지는 산줄기를 바라보는 것도 아니었다. 무슨 생각에 잠겨 있는 걸까. 간간이 옅은 한숨을 내쉬다가…… 초조한 듯 자리에서 일어나 베란다를 빙빙 돌다가…… 난간에 몸을 기대고 먼 곳을 바라보다가…… 아래로 고개를 떨궜다가…… 다시 자리에 앉아 엄지손톱으로 검지를 짓눌렀다. 손톱이 살갗을 파고들 만큼 세게.

"아빠, 뭐 해?"

화장실에 다녀온 내가 베란다에 있는 아빠를 발견했다. 아빠는 아무 말 없이 두 팔을 벌렸다. 나는 아빠 무릎 위에 앉았다.

"형우야."

"응?"

아빠가 양손으로 내 뺨을 감싸고 내 눈을 오래 응시했다. 그러다가 나를 품에 꽉 안았다.

"아빠, 왜 그래? 슬퍼?"

넓은 어깨에 머리를 기댄 채 내가 물었다.

"아니."

아빠가 숨을 삼켰다.

"아빠 하나도 안 슬퍼."

나는 품에서 빠져나와 아빠 눈을 봤다. 거짓말. 뭔가 생각난 듯 나는 안으로 들어갔다. 침대 옆에 쪼그리고 앉아 부스럭거리더니 바지 주머니에서 뭔가를 꺼내 베란다로 돌아왔다.

"아빠, 손 줘봐."

영문을 모르는 아빠가 멀뚱히 쳐다보자 나는 아빠의 커다란 손을 잡고 손바닥이 위로 향하도록 했다. 그리고 뒤에 감춘 걸 꺼내 아빠 손바닥에 톡톡 뿌렸다.

"아빠, 이거 먹어봐. 이렇게 혓바닥으로 찍어서."

내가 시범을 보이자 아빠가 따라 했다. 아빠는 눈을 질끈 감더니 이내 웃음을 터뜨렸다.

"이게 뭐야."

"재밌지?"

엄마랑 은우가 깨지 않게 조심하면서 아빠랑 나는 파핑 캔디를 조금 더 나눠 먹었다.

5

 천장에 닿을 듯 거대한 체구. 번뜩이는 칼자루를 쥔 손. 일주문을 지나 천왕문에 들어서자 험상궂은 얼굴로 서 있는 네 명의 신, 사천왕이 보였다. 부리부리한 눈이 금방이라도 눈동자를 굴려 나를 쏘아볼 것 같았다.

 "무서워."

 은우가 엄마 뒤로 몸을 숨겼다. 엄마가 은우를 달랬다.

 "괜찮아. 우리를 지켜주는 수호신이야. 나쁜 사람이나 악귀를 혼내주는 착한 신."

 슬쩍 고개를 내밀어 사천왕을 쳐다보다가 은우는 도저히 못 믿겠다는 듯 냉큼 천왕문을 빠져나갔다. 부곡을 떠나 경주에 도착한 우리는 먼저 천마총과 첨성대를 둘러보고, 이제 막 불국사에 도착했다. 세상의 모든 빛깔이 명도와 채도를 한껏 높이며 눈부시게 반짝였다. 토함산 자락에 자리 잡은 매미들이 한꺼번에 왜애앵, 하고 울었다. 그 소리가 바람처럼 시원했다.

"저기 계단 보이지?"

아빠가 손을 뻗어 앞쪽을 가리켰다. 손가락 끝에 손톱 모양으로 찢긴 상처가 여럿 있었다.

"으응."

은우랑 나랑 동시에 대답했다.

"저 계단을 오르면 부처님 나라가 나오는 거야. 지금 우리가 걷는 이 길은 세속을 떠나 부처님 나라로 들어가는 길인 거고."

"으응."

은우랑 나랑 동시에 고개를 끄덕였다. 그러다 은우가 고개를 갸우뚱하며 아빠를 올려다봤다.

"근데 세속이 뭐야?"

대답 없이 묵묵히 걸어가던 아빠가 혼잣말처럼 중얼거렸다.

"고통스러운 곳."

아빠가 말한 계단에 오르자 제일 먼저 석가탑과 다보탑

이 보였다. 다보탑 앞에서 아빠가 지갑을 꺼냈다.

"이거 봐."

은우와 나는 머리를 모으고 아빠 손바닥을 들여다봤다. 거기 10원짜리 동전이 놓여 있었다.

"여기 새겨진 게 바로 이 다보탑이야."

"우와."

아빠는 우리에게 아름다운 비밀도 알려줬다. 불국사를 여기저기 둘러보던 은우와 내가 아이들답게 금세 시들해졌을 때, 아빠가 처마를 가리켰다.

"저 안쪽에 알록달록한 그림 보이지?"

"응."

"저건 단청이라는 건데, 자, 아빠 따라와서 봐."

아빠가 처마 밑으로 가서 절을 등지고 섰다.

"이렇게 고개 들고 단청을 보다가 고개를 조금씩 내려 봐, 천천히."

은우와 나는 아빠처럼 절을 등지고 선 다음, 단청을 올려다보다가 서서히 시선을 아래로 내렸다. 만화경 속을 들여다본 것처럼 쨍하고 아찔하던 단청이 하늘과 어우러지며…… 나무와 어우러지며…… 더없이 아름다운 자연의 일부로 변했다.

"이야, 그림 좋네. 사모님도 같이 가족사진 한 장 찍으시죠."

커다란 카메라를 목에 건 아저씨가 조금 떨어져 있던 엄마에게 말했다. 엄마는 대답 없이 고개만 저었다.

"사모님, 이거 즉석카메라예요. 사진 바로 나와요. 잘 찍어드릴게."

여전히 고개 저으며 돌아서는 엄마를 바라보다 아빠가 외쳤다.

"그래요! 한 장 찍어주세요!"

엄마가 차가운 얼굴로 아빠를 돌아봤다.

"사진은 뭐 하러?"

"형우 엄마, 그러지 말고 우리도 한 장 찍자."

"엄마, 나 즉석 사진 갖고 싶어!"

은우까지 합세하자 엄마가 마지못해 처마 아래로 다가왔다. 우리는 아빠, 나, 은우, 엄마 순으로 쪼르르 서서 사진을 찍었다. 카메라가 사진을 뱉어내자 은우가 기다렸다는 듯 그것을 받아 팔랑팔랑 흔들었다. 온통 새하얗던 바탕에 희미하게 형상이 떠오르더니 이내 또렷해졌다. 거기에 푸른 단청과 그보다 더 푸르른 하늘을 배경으로 똑같은 빨간색 플립플롭을 신은 우리 네 식구가 담겨 있었다. 사진 속에서 아빠랑 내가 꼭 닮고, 엄마랑 은우가 꼭 닮아 있었다.

아빠랑 나랑 한 번씩 보고 사진은 다시 은우 손으로 돌아갔다. 한동안 신기한 눈으로 들여다보다가 은우는 사진을 셔츠 주머니에 넣고 똑딱이 단추까지 단단히 채웠다.

"아빠, 우리 이제 어디 가?"

"석굴암 가지."

"계속 여행이네?"

"계속 여행이지!"

제자리에서 통통 뛰던 은우가 불쑥 노래를 흥얼거렸다.

"아름다운 이 땅에 금수강산에 단군 할아버지가 터 잡으시고······."

1절까지 다 부르고 2절로 넘어가기 전에 노래가 뚝 끊겼다. 은우가 엄마를 돌아봤다.

"근데 박혁거세는 정말 알에서 나왔어? 세상엔 알에서 태어나는 사람도 있어?"

피로한 얼굴로 뒤따라오던 엄마가 걸음을 멈추고 손차양을 만들었다. 얼굴에 그림자가 드리워져 엄마 표정이 잘 보이지 않았다. 가만히 은우를 바라보던 엄마가 발을 뗐다. 그리고 은우에게 다가가 귀에 대고 속삭였다.

"그럼, 엄마가 낳은 제일 예쁜 알이 우리 형우랑 은우인데?"

엄마가 비밀이라는 듯 손가락을 입술에 가져다 댔다. 이 날 엄마는 처음으로 웃어 보였다. 환하게 미소 짓는 눈가에 물기가 어려 있었다.

6

여행은 계속됐다.

한옥에서 하루 묵고 경주를 떠난 빨간색 프라이드는 포항을 지나 영덕에 도착했다.

우리 네 식구는 가까운 해수욕장으로 갔다.

짙푸른 바닷물에 떨어진 햇빛이 찰그랑찰그랑 소리를 낼 것만 같았다. 양산을 펼쳐 든 엄마는 모래사장에 앉아 바다를 바라봤고, 아빠랑 은우랑 나는 엄마 옆에 플립플롭을 쪼르르 벗어두고 바다로 달려갔다. 밀려오는 파도를 뛰어넘고, 유난히 높은 파도를 피해 모래사장으로 달아났다. 바닷물이 밀려가면 발이 모래 안으로 스스슥 빠졌다. 발이 잠긴 만큼 작아진 키로 은우랑 나는 키득키득 웃었다.

"나비다!"

누군가 외쳤다. 길을 잃은 걸까. 하얀 나비 한 마리가 바다 위를 날고 있었다. 길에서 만났으면 흔해서 쳐다보지도 않았을 흰나비를 물놀이 중에 마주하자 새삼 신기했는지 몇몇 꼬맹이가 나비를 쫓아 이리저리 첨벙거리며 뛰어다녔다. 나비는 아이들을 피해 위태롭게 날갯짓했다. 그중 한 아이가 손으로 나비를 힘껏 내리쳤다. 맥없이 추락한 나비는 꽃잎처럼 바다에 둥둥 떠다녔다. 아이가 날개를 한 쪽씩 잡고 건져 올리더니 일순간 나비를 찢어버렸다. 종이를 반으로 자르듯이, 일말의 망설임도 없이. 몸이 두 동강 난 채로 나비는 힘겹게 날갯짓했다. 고치에서 나온 뒤로 쭉 같이 움직였을 날개가 물 위에서 따로 파닥거렸다.

"키킥!"

아이가 웃었다. 파르르 떨던 나비가 움직임을 멈추자 아이도, 구경꾼들도 흥미를 잃고 돌아섰다. 아이들이 떠나간 자리에 나비 사체만 남았다. 두 개의 날개가 파도에 밀려 서로 멀어지고 있었다. 말없이 지켜보던 아빠가 물살을 헤치며 다가갔다. 아빠는 조심스럽게 손을 모으고 나비를 건져냈다. 둘로 나뉜 나비 사체를 손바닥에 올려놓고, 이미 죽은 나비가 행여나 다칠까 부서질까 좁은 보폭으로 걸음을 옮겼다.

모래사장에서 벗어난 우리는 소나무 숲으로 향했다. 인적이 드문 곳까지 걸어가서 아빠는 나무 아래 주저앉아 한 손으로 땅을 파헤쳤다. 은우와 내가 아빠를 도와 흙을 팠다. 아빠는 둘로 찢긴 나비를 침대에 누이듯 내려놓고 흙을 덮어주었다. 작은 무덤이 생긴 뒤에도 손에 묻은 흙을 털어내지 않고 아빠는 한동안 바닥에 앉아 있었다. 까맣게 흙이 낀 엄지손톱으로 검지를 세게 짓누르면서.

해 질 무렵, 우리는 해변을 따라 걸었다. 아빠는 바다를 바라보는 식당들을 세심하게 살폈다. 비슷비슷해 보이는 음식점 중에서 비교적 덜 붐비는 곳을 골랐던 점심때와는 달랐다.

"도형우, 뭐 먹고 싶은 거 없어?"

내가 고개를 저었다.

"도은우는?"

은우도 마찬가지였다. 해수욕장 인근에 들어선 포장마차에서 핫도그랑 팥빙수를 사 먹은 지 얼마 되지 않았기 때문이었다.

"당신은? 우리 맛있는 거 먹자."

엄마는 별다른 말이 없었다.

해수욕장에 면한 길을 거의 끝까지 갔을 때 아빠가 걸음을 멈췄다.

"우리 하와이는 가봤으니까, 이번엔 저기 가볼까?"

해산물을 주재료로 영업하는 식당들 가운데 이질적인 분위기의 가게가 끼어 있었다.

카페 말라가 Café Málaga
경양식

돈가스/비후가스/함박스테이크/스파게티

거리에 세워둔 입간판을 보고 은우가 배고픈 아이처럼 크게 외쳤다.

"난 돈가스!"

우리는 구석진 자리에 앉았다. 경양식을 파는 여느 식당처럼 약간 어두운 노란빛 조명에, 식빵처럼 투박한 소파가 놓여 있는 이곳에서 가장 특색 있는 인테리어는 벽에 나란히 걸어둔 두 개의 액자였다. 액자엔 똑같은 바닷가 휴양지에서 똑같은 구도로 각각 낮과 밤에 찍은 사진이 들어 있었다.

왼쪽 액자엔 온통 파란빛으로 가득한 말간 하늘과 푸른 바다가 펼쳐져 있었다. 태양 빛을 머금은 모래사장엔 밀짚 파라솔과 테이블이 놓여 있었다. 한쪽엔 몇 그루의 야자수가 우뚝 솟아 있었고 해먹도 하나 걸려 있었다. 키가 큰 야자수 그림자가 모래사장 쪽으로 길게 드리워진 풍경이 눈길을 사로잡았다.

오른쪽 액자에는 보랏빛과 분홍빛이 뒤섞인 진한 노을이 번져 있었고, 바다는 거울처럼 그 빛깔을 고스란히 담고 있었다. 하늘과 바다의 경계에는 주황색보다 은근하고 노란색보다 뜨거운, 오묘한 빛깔이 일직선을 이루고 있었다.

"저거 부곡하와이에서 본 나무다!"

은우가 액자를 가리켰다.

"응, 야자나무."

은우 옆에 자리 잡은 엄마가 알려줬다. 아빠랑 나도 등을 돌리고 앉아 액자를 바라봤다.

"나무가 웃기게 생겼어. 저거 봐, 폭탄 머리 같아."

내가 야자수 그림자를 가리키자 은우가 고개를 흔들었다.

"아니야, 저거 꼭…… 불꽃놀이 같지 않아?"

"그러게, 정말 불꽃놀이 같네."

"그치? 피융, 피유우웅, 파방! 팡!"

은우가 입술을 모으고 불꽃 터지는 소리를 흉내 냈다.

"피유우우우, 팡! 파방! 파바바방!"

나도 합세했다. 작은 경양식집 안에서 불꽃 축제가 열렸다.

"저기 진짜 멋지다."

사진에서 눈을 떼지 못하며 은우가 말했다. 나는 아빠 어깨를 붙잡았다.

"아빠, 우리 나중에 저기 놀러 가자."

아빠는 대답 없이 사진만 물끄러미 바라봤다. 그러다 생각난 듯 말했다.

"도형우, 도은우, 너희 불꽃놀이하고 싶어?"

"으응!"

"그럼 돈가스 다 먹고, 우리 불꽃놀이할까?"

"완전 좋아!"

짙은 어둠이 흐르는 바닷가에 우리는 나란히 서 있었다.

치익.

아빠가 라이터를 켜고 엄마가 들고 있는 기다란 막대 끝에 불을 붙였다. 그다음은 은우가 들고 있는 막대 끝에,

그다음은 내가 들고 있는 막대 끝에, 마지막으로 아빠가 손에 든 막대 끝에도 빠르게 불을 붙였다. 불이 붙은 순서대로 돌림노래처럼 차르르 소리가 나더니 이내 엄마 쪽에서부터 불꽃이 터지기 시작했다.

  팡!

    팡!

      팡!

        파방!

불꽃 터지는 소리와 폭죽 같은 환호성이 뒤섞이고, 진한 어둠과 찰나의 빛이 뒤섞였다. 우리는 빛이 완전히 소멸할 때까지 어둠 속에서 함께 웃었다.

7

깊은 밤.

빨간색 프라이드가 해수욕장을 떠나 도로를 달린다.

달려갈수록 건물도, 사람도, 점점 보이지 않는다.

어둠이 만든 고요 속에서 자동차 바퀴가 도로에 마찰하는 소리만 들릴 뿐이다.

비강항

표지판을 지나자 빨간색 프라이드가 속도를 줄인다. 멀지 않은 곳에서 파도 소리가 들려온다. 낮에 잠깐 들렀던 곳이라 어둠 속에서도 길이 낯설지 않다.

방파제에 들어선 차가 길 끝에서 멈춘다. 시동을 끄자

불빛이 사라진다. 암흑 속에서 파도 소리가 더 크게 들려온다.

앞좌석에 앉은 아빠와 엄마가 말없이 바다를 바라본다. 방파제 안쪽은 잔잔하지만, 방파제 너머에선 너울이 요동친다. 바다는 거대한 구멍처럼 보인다. 바닥을 알 수 없는 무저갱 같다. 은우와 나는 뒷좌석에서 곤히 잠들어 있다. 아빠가 손목에 찬 전자시계를 확인한다.

"오래 걸리지 않을 거야."

아빠가 엄마를 바라본다. 엄마는 방파제 너머에서 시선을 떼지 않는다. 열린 차창으로 바람이 들어와 엄마의 머리카락이 사방으로 흩날린다.

딸각.

아빠가 피로회복제 뚜껑을 열고 엄마에게 건넨다. 망설이던 엄마가 그것을 받는다. 가지런히 모은 두 손이 가늘게 떨린다.

딸각.

피로회복제를 새로 따고 아빠는 숨을 크게 들이마신다. 다시 숨을 길게 내쉬고, 단숨에 음료를 마신다. 빈 병을 바닥에 아무렇게나 던져둔 채 아빠가 차 문을 열고 나간다. 방파제 끝에 서서 파도의 움직임을 살핀다. 사나운 바닷바람에 티셔츠가 깃발처럼 파닥거린다.

엄마가 두 손으로 감싸 쥔 병을 내려다본다. 그러다 뒷좌석을 돌아본다. 잠든 은우와 나를 오래 바라본다.

좌석으로 돌아온 아빠가 조용히 차 문을 닫는다. 아빠가 엄마 손을 잡는다.

"금방 잠들 거야."

엄마가 고개를 돌린다. 아빠가 엄마 손을 더 꼭 잡는다. 파도가 밀려오고, 또 밀려온다. 바람이 불어오고, 또다시 불어온다.

"형우 아빠."

엄마가 아빠를 돌아본다. 불안한 눈빛으로 아빠 눈을 바라본다.

"나, 잘 모르겠어."

아빠가 엄마 손을 놓는다. 시선을 멀리 차창 밖으로 던지고 주먹을 꽉 쥔다.

"여보, 이게 정말 맞는 걸까?"

"나는!"

아빠가 격한 어조로 입을 열고는 이내 목소리를 낮춘다.

"나는, 이대로 살다가는 점점 괴물이 될 거야."

"형우 아빠……."

"세상은, 너무 악하고 위험해."

아빠가 뒷좌석의 은우와 나를 바라본다.

"우리 형우, 은우한테 무슨 일이 생겨도 우린 힘이 없어서 지켜주지도 못해."

아빠 말에 엄마가 울음을 터뜨린다. 소리 없이 어깨를 들썩인다. 아빠가 엄마 어깨를 감싸안는다. 한동안 몸을 떨며 울던 엄마가 침을 삼킨다. 눈물을 훔친다. 손에 든 것을 천천히 들어 입술에 댄다. 한 모금, 또 한 모금.

엄마가 뒷좌석으로 건너온다. 잠든 은우를 품에 안고 한 팔로 내 어깨를 감싸 엄마 몸에 밀착시킨다. 잠든 내 머리통에 입을 맞춘다. 은우 볼에 엄마 얼굴을 비비고 숨을 길게 들이마신다. 은우와 나의 체취를 엄마 몸속에 가득 담아둔다. 은우와 나를 바라보는 엄마 눈이 천천히 열리고 닫힌다.

아빠가 무거워진 눈으로 엄마를 돌아본다. 잠시, 아빠와 엄마가 손을 맞잡는다. 아빠가 울고 있다. 입으로는 웃으면서 눈은 울고 있다. 아빠가 시동을 건다. 엄마가 숨을 후, 하고 내뱉는다.

헤드라이트를 켜지 않은 채 빨간색 프라이드가 천천히 움직인다. 차는 방파제 너머를 향해 움직인다. 엄마가 몸을 떤다. 입술을 꾹 깨물고 울음을 참는다. 참다가 참다가 숨처럼 울음을 뱉어낸다. 엄마가 은우와 나를 꼭 끌어안는다. 따스한 살을 맞댄다. 품에 안고도 아쉽다는 듯 엄마가 은우를 본다. 나를 본다. 나를, 본다. 그리고……

"멈춰!"

엄마가 외친다.

아빠가 브레이크를 밟는다. 엄마를 돌아본다.

"안 돼."

엄마가 고개를 젓는다. 울음을 참아가며 토막 난 말들을 내뱉는다.

"애들은, 우리 아가들은, 안 돼."

아빠가 멀리 허공을 바라본다. 엄지손톱으로 검지를 세게 짓이긴다. 엄마가 잠든 나를 흔들어 깨운다.

"형우야, 일어나. 일어나!"

내가 무거운 눈꺼풀을 겨우 올렸다 다시 잠든다.

"일어나라고!"

잠든 은우를 품에 안은 엄마가 차에서 내린다. 잠에 취한 내 뺨을 치고 나를 끌어내린다. 자꾸 축 늘어지는 몸으로 나는 밖으로 끌려 나온다. 은우가 눈을 반쯤 뜬다. 무거운 눈꺼풀을 밀어 올린다. 엄마가 운전석 차창 안으로 손을 뻗어 아빠 어깨를 잡아끈다.

"형우 아빠, 이제 그만하자."

아빠는 아무 말이 없다. 엄마가 아빠를 더 세게 잡아당긴다.

"우리 한숨 푹 자고 아침에 해 뜨면 집에 가자, 응?"

"당신······."

겨우 입을 연 아빠가 잠시 숨을 고른다.

"나 없이 혼자서는 애들 못 키울 것 같다며. 당신이 이러면 내가 맘 편히 갈 수 있겠어?"

"애들은 안 돼. 우리가 애들한테 이러면 안 되는 거야."

아빠가 대답 대신 한숨을 길게 내쉰다. 시계를 본다. 엄마 품에 안긴 은우 손을 만진다. 꼭 잡는다. 그리고, 미련 없이 놓는다.

빨간색 프라이드가 굉음을 낸다. 빠른 속도로 전진한다. 방파제 끝에서 빨간색 프라이드가 날아오른다. 허공을 날다 이내 고꾸라진다. 차가 검은 물속으로 사라진다.

"여보!"

엄마가 바닥에 주저앉는다. 검은 바다에서 커다란 거품이 무덤처럼 솟아오른다. 엄마가 비명을 지른다. 울음을 터뜨린다. 알 수 없는 말을 외친다. 오래된 철문이 바람에 밀려 끼이꺽거리는 듯한 녹슨 쇳소리가 엄마 목구멍에서 터져 나온다. 은우가 바다를 본다. 겁에 질린 나는 축 늘어지는 몸으로 엄마 팔에 매달린다.

"엄마……."

엄마가 나를 본다. 은우를 본다. 울음을 멈추고, 엄마는 은우와 나를 끌어안는다. 우리가 바다를 보지 못하게 손으로 눈을 가린다.

"아빠!"

구가 외쳤다. 방파제 끝으로 달려간 구가 검은 물속에 뛰어들었다. 일구가 그 뒤를 따랐다. 이구와 나도 바다로 몸을 던졌다.

저 멀리, 깊은 곳에 아빠가 보였다. 아무리 멀고 어두워도 나는 아빠를 볼 수 있었다. 아빠가 영영 사라져버릴까 두려워 나는 아빠를 불렀다. 아무것도 듣지 못하고 아빠는 해초처럼 물살에 이리저리 흔들리다 차창 밖으로 흘러나왔다. 조류에 휩쓸려 점점 먼바다로 흘러갔다. 나는 물살을 헤치고 아빠에게로 갔다. 하지만 아무리 헤엄쳐도 제자리였다. 구도, 일구도, 이구도 몸부림치듯 물살을 걷어찼지만 더 이상 아빠에게 다가갈 수 없었다. 아빠가 있는 곳과 내가 있는 곳에 서로 다른 조류가 흐르며 그 사이에 결코 뚫을 수 없는 단단한 벽을 만들었다.

내가 넘어져 무릎이 까지면 빨간약을 발라주던 아빠.

나를 번쩍 안아 목말 태우던 아빠.

어렴풋이 떠오르는 기억들. 진짜 내 기억인지, 엄마가 들려준 얘기인지 알 수 없는 이야기들이 빗방울 떨어지듯 후두둑 떨어졌다. 이내 또렷해진 기억들이 와르르 쏟아졌다.

일자리를 잃고 방에서 칩거하던 아빠.

안에 든 돌덩이를 토해내려는 것처럼 악을 쓰며 울던 아빠.

화를 내던 아빠, 사과하던 아빠.

작은 생명에도 마음을 크게 쓰던 아빠.

우리를 죽이려고 한 아빠, 우리를 사랑한 아빠, 우리를 떠나버린 아빠.

이 모든 것이 나의 아빠였다.

아빠가 더 깊이 가라앉았다. 삭제된 기억을 제자리에 돌려놓고, 아빠가 점점 더 멀어져갔다. 나는 나를 꼭 닮은 아빠에게서 눈을 떼지 않았다. 이제는 아빠 얼굴을 잊지 않고 기억할 수 있었다.

아빠는 멀리, 더 멀리 흘러가며 손바닥만큼 작아졌다

가…… 손톱만큼 작아졌다가…… 점만큼 작아졌다가…… 끝을 알 수 없는 어둠의 일부가 됐다. 영원히.

첨벙.

아빠가 사라진 검은 물속으로 사람이 떨어졌다.

떨어진 육신 위로 솟아오르는 하얀 공기 방울이 끊어진 탯줄 같았다. 물살에 몸을 맡긴 남자는 광활한 우주 속을 홀로 떠도는 미아 같았다. 남자의 얼굴이 낯설지 않았다. 그는, 비강항에 뛰어든 나였다.

구가 놀란 눈으로 나를 바라봤다. 가라앉는 나와 그를 지켜보는 나를 번갈아 봤다. 일구와 이구도 나를 돌아봤다. 이 모든 일이 어떻게 시작됐는지 마침내 깨달은 얼굴이었다.

검은 물속으로 더 깊이, 더 멀리 가라앉는 나를 바라보다가 돌연 일구가 힘껏 발을 굴렀다. 가라앉는 나에게로 빠르게 헤엄쳤다. 꼬맹이 구도 힘을 다해 물살을 헤쳤다. 입술을 질끈 물고 있던 이구도 서둘러 물을 가르기 시작했다. 일구가 가라앉는 나를 등 뒤에서 끌어안았다. 구가 내 손을 잡고 위로 끌어당겼다. 이구가 다른 쪽 손을 잡고 수면을 향해 몸을 틀었다. 아홉 살의 나와, 열아홉 살의 나와, 스물아홉 살의 내가 나를 구하려고 몸부림쳤다. 하지만 조류가 빠르고 거세 수면으로 올라가는 일이 쉽지 않아 보였다. 구가 잡고 있던 손을 놓고 내 몸통 아래에 자기 등을 맞댔다. 무거운 돌덩이를 짊어지듯이 나를 들어 올리려고 바둥거렸다. 꼬맹이 구는 울 것 같은 얼굴을 하고도 포기하지 않았다. 온 힘을 다했다.

미안했다. 나는 어린 나에게 미안했다.

저 아이.

저 작고 여린 내가 서른아홉 살의 나를 살리려고 발버둥 치고 있었다.

나는 죽고 싶은가, 살고 싶은가.

대답 대신 물살을 가르며 나에게로 헤엄쳤다. 나는 창백해진 나를 끌어안고 또 다른 나들과 함께 수면을 향해 힘껏 발을 찼다.

1

 뺨 위로 바람이 지나갔다.

 눈꺼풀 너머로 부드러운 빛이 느껴졌다. 천천히 눈을 떴다. 온통 하얀빛이었다. 하얗고 네모난 공간. 눈이 부셔 도로 눈꺼풀을 닫았다.

 어디선가 울음소리가 들렸다.

 오래된 철문이 바람에 밀려 끼이꺽거리는 듯한 녹슨 쇳소리를 닮은 울음소리. 사람에게서 그런 소리가 나오기도 한다는 것을 나는 이제 잘 알고 있다. 가늘게 눈을 떴다. 곧게 편 등, 은회색으로 빛나는 짧은 머리칼, 울음소리와 함께 흔들리는 어깨. 먼 기억 속에서 들려오는 소리인 줄 알았는데 아니었다. 내 곁에 서 있는 사람이 우는 소리였다.

 소리를 듣다가…….

내 손을 꼭 잡는 누군가의 체온을 느끼다가…….
나는 다시 잠에 빠져들었다.

2

 그날 뭐가 이래저래 이상하더라고.

 내가 원래 눈만 감으면 누가 업어 가도 모를 맨쿠로 잠드는 사람인데, 그날은 우째 그래 잠이 안 오노. 일로 누웠다가 절로 누웠다가, 또 일로 누웠다가 절로 누웠다가 하다가 깜빡 잠이 들긴 들었는데, 꿈자리가 영 뒤숭숭해. 에라, 치아뿌라 싶어서 나왔지. 선착장이나 한번 돌아볼라고.

 스쿠터 타고 가는데, 영웅이 인마가 저 앞에서 막 내달리고 안 있나? 내가 영웅아, 하고 부르니까 인마가 날 보고 왈왈 짖어. 꼭 따라오라는 것 같더라고. 희한하다, 하믄서 따라갔지. 가다 보이 이게 비강항 가는 길이네? 그때 딱 감이 왔지. 이거 뭔 사달이 났구나. 그래서 고마 악셀 이빠이 땡기가 새빠지게 안 달렸나. 상원이한테 순찰 좀 돌라고 전화도 넣고. 아, 상원이는 해경. 우리 큰행님 아들.

갔더마 해경구조대가 먼저 와 있더라고. 마침 근처 돌고 있었다 카대. 이게 다 일이 이래 될라고……. 하여간 조명 쏴서 쫘악 둘러보는데, 내가 육십 평생 그런 건 또 첨 봤네. 이거를…… 물속에서 사람이 솟았다고 카나……. 꼭 밑에서 누가 번쩍 들어 올려준 것처럼 요래 솟았다니까. 그 씬 나울 속에서 말이다.

*

어촌계장님이 다녀갔다.

깨어났을 때 나는 병실에 누워 있었는데, 그사이에 어떤 일이 있었던 건지 계장님이 상세히 들려주었다.

슬픔에도 냄새가 있는 걸까.

그날, 영웅이, 그러니까 진돌이, 흰둥이, 영덕이, 대개…… 세상에서 제일 많은 이름을 가진 진돗개가 내게서 슬픔의 냄새를 맡았다. 죽음의 냄새를 맡고 트럭을 쫓아왔다. 윗굴마을에서 비강항까지 5킬로미터를 달려온 개는 비강항에 도착한 뒤에도 바다를 보며 쉼 없이 짖었다고 했다.

해경이 나를 구조하고, 구급대원이 실어 간 뒤에도 앰뷸런스가 떠날 때까지 도로에 서서 한참 지켜봤다고 했다.

계장님이 입맛 없어도 병원에서 주는 밥은 다 먹어야 한다며 냉장고에 가자미식해를 넣어두었다. 입맛 없을 땐 이게 밥도둑이라면서.

바다 사나이답게 투박하고 커다란 손으로 내 손을 한 번 꽉 잡고 그가 돌아섰다. 병실 문을 나서기 전에 계장님이 걸음을 멈췄다. 잠시 그대로 서 있던 그가 나를 돌아보며 말했다. 아무리 생각해도 바다가 살려준 것 같다고.

3

민호 이모가 다녀갔다.

이모에겐 내가 연락했다. 보고 싶기도 했고, 묻고 싶은 말도 있었다.

*

어디서부터 얘기해야 할까.

그래, 아빠. 너희 아빠 얘기부터 하자.

너희 아빠 처음 봤을 때, 참 착하다 싶어서 안심했고, 그래서 걱정도 됐어.

아빠가 일하던 공장, 생각나? 너랑 은우도 놀러 간 적 있는데, 너무 어릴 때라 기억 안 날 수도 있겠다.

거기서 사고가 있었어. 아빠 동료가 작업하다 기계에 빨려 들어갔는데, 그걸 너희 아빠가 봤어. 그걸, 다 본 거야……. 그것만으로도 충분히 고통스러웠을 텐데, 회사에선 피해자 가족한테 제대로 보상도 안 했어. 보상은커녕 사과도 제대로 하지 않고 모든 책임을 고인 탓으로 돌렸지. 너희 아빠, 그 착하고 여린 사람이 회사를 상대로 싸움을 시작했어. 질 게 뻔한 싸움을. 착하고 여린 사람은 나쁜 사람을 상대할 힘이 없거든. 선한 사람이 힘을 가져야 하는데, 대개는 악한 이에게 빼앗기지. 나쁘게 사는 게 언제나 더 쉬우니까. 부끄러움을 모르면 살기 편하거든. 이기기 쉽거든. 속이고, 거짓말하고, 말 바꾸고, 뒤집어씌우고, 뻔뻔하게. 선한 사람들이 떨어진 꽃잎 하나 밟지 않으려고 조심조심 걸어갈 때, 악한 사람들은 꽃밭을 마구 짓밟으며 무조건 직진하는데, 그걸 무슨 수로 이겨…….

결국 아빤 회사를 그만뒀어. 이미 마음의 병이 깊어졌는데, 그땐 안타깝게도 도움받을 방법을 잘 몰랐어.

엄마도 죽고 싶었대. 죽고 싶은 날들이 참 많았대. 집에서 누군가 마음을 앓으면 그 가족도 전부 도움이 필요해지거든. 마음의 병도 전이되기 쉽고, 무엇보다 아무리 사랑해도 사람이니까, 사람이니까 지칠 수 있거든, 충분히.

그냥 눈 딱 감고 아빠 따라가고 싶은데, 너희만 두고 갈 수는 없더래.

그날, 바다로 들어가면서 마지막 순간까지 너희를 보고 싶었대. 두 눈에 꼭 담고 싶었대. 너희를 품에 안고 바라보는데, 그런데…… 형우, 네가 웃더래. 무슨 좋은 꿈을 꾸는지 배냇짓하는 것처럼 웃더래. 그때 정신이 번쩍 들었대. 만약에 너희한테 살고 싶니 죽고 싶니 물어본다면 뭐라고 대답할지 너무나 잘 알 것 같았대.

이상하게도 형우, 네가 아빠를 기억하지 못했어. 엄마는 걱정이 되면서도 한편으로는 다행이라 생각했대. 아빠랑 엄마가 죽이려 했다는 걸, 그걸 너희들이 알게 될까 봐, 기억할까 봐, 엄마는 겁을 냈거든. 경찰한테 아빠 혼자 꾸민 일이라고, 엄마도 속아서 수면제를 마신 거라고 거짓말하기도 했고. 그러다 우연히 프리다이버 기사를 본 거야. 그렇게 거짓말이 시작됐지. 아빠 기억을 지우고, 가짜 기억을 심어주고. 처음에 은우는 자기가 기억하는 걸 얘기하기도 했는데, 워낙 어렸으니까 점점 가짜를 진짜라 믿게 됐지.

그런 줄 알았는데…… 형을 따라 한 거였대. 네가 기억 못 할 때 엄마가 안심하고 웃으니까, 은우도 어릴 땐 그게 좋아서 형을 따라 했대. 그러다 보니까 진짜 같기도 했고. 은우는 너무 어려서 그날 일을 드문드문 기억하긴 해도 다 이해하지는 못했는데, 크면서 조금씩 퍼즐이 맞춰졌대. 결국 다 알게 됐대.

누구에게든, 어디에든 도와달라고 손 내밀어야 했던 두 사람이 결국 도움을 요청하는 대신 서로의 손을 잡은 거지. 길이 하나뿐이라는 생각이 들면 그 순간에는 다른 길이 보이지 않는 법이니까…….

민지, 내 동생. 내 예쁘고 귀한 동생.

민지가 떠나고 길에서 마주치는 사람들 보면 다들 속으론 어떤 마음으로 사는 걸까, 하고 괜히 가슴이 시렸어.

이모가 봄을 참 좋아하거든. 민지가 떠나고도 여전히 봄이 좋은데, 그만큼 아파. 봄은 모든 게 다시 태어나는 계절이잖아. 그런데 우리 민지는 돌아오지 않지. 우리 은우도.

이모, 여름 참 싫어했거든. 지금도 그다지 좋아하지는

않지만, 어떤 면에선 조금 좋아졌어. 숨이 쉬어지지 않을 때면 한낮에 나가서 나무들 아래 서는 거야. 매일 번지는 징글징글한 초록들, 그 징그러운 생명력. 그런데 나무 아래 서 있으면 그 생명력이 나한테도 스며드는 것 같아서. 살라고, 숨 쉬라고, 나뭇잎들이 사각사각 속삭이는 것 같아서.

*

나에게 거짓말을 한 사람은 엄마가 아니었다.
나를 속인 건 누구도 아닌 나 자신이었다.
나는 엄마와 은우의 죽음을 교통사고로 둘러댔다.
나는 아빠의 죽음을, 우리 가족의 비극을 삭제해버렸다.
없었던 일로 만들고, 외면한 채로 살아왔다.

이모 덕분에 퍼즐의 빈자리가 채워졌다.
여전히 비어 있는 부분도 있고, 영영 채울 수 없는 자리도 있을 것이다.
아빠의 생도, 아빠의 마음도.
엄마의 생도, 엄마의 마음도.
은우의 생도, 은우의 마음도.

아무리 사랑해도, 아무리 가까워도, 서로 다 알 수는 없으니까.

한 가지 확실한 것은, 만일 그때 아빠나 엄마가 물었더라면 난 분명하게 대답했을 거라는 사실이다. 난 죽기 싫다고, 살 거라고.
그리고 덧붙였을 것이다.
아빠랑 엄마랑 은우랑 다 같이 살고 싶다고.

4

재이 님이 혼자 병실에 찾아온 건 조금 의외였다.
 말수 적은 그와 나는 인사를 나눈 뒤로 별다른 말이 없었다. 고요한 병실에 어색한 침묵이 쌓였다.
 먼저 입을 연 건 재이 님이었다.

*

왜, 그런 얘기가 있잖아요.
 사람이 죽을 때 살아온 날들이 필름처럼 쫘악 스쳐 간다고.

그게…… 겪어보니까 진짜 그렇더라고요.

저도…… 바다에 뛰어든 적 있거든요.

아무도 눈치채지 못하게 작아지고 작아지다 소멸해버리고 싶었던 때가 있었거든요.

텔레비전에서 어떤 과학자가 그러더라고요.

죽기 전에 살아온 날들이 필름처럼 스쳐 가는 이유는, 생에서 체득한 모든 경험 속에서 지금의 나를 살릴 방법을 찾기 위해서라고.

저는 저를 살릴 방법을 찾지 못했지만, 대신 누군가 저를 살렸죠.

저를 구해주신 분이, 제가 숨을 토하고 나니까 그제야 옆에 털썩 주저앉더라고요.

그러고는 묻더라구요.

밥 먹었냐고.

웃기죠.

밥 먹었냐니.

근데, 저는 또 안 먹었다고 솔직하게 고개를 저었어요.

카리스마 때문이었을까. 따라갔죠, 그분을.

갓 지어서 차려주신 밥을 먹었어요.

따뜻한 밥 한 공기 깨끗이 비웠죠.

그날 처음 프리다이빙이란 걸 알았어요.

물속에서 숨이 꺽꺽 넘어가는 와중에도, 그분은 숨을 그냥 참는 게 아니라 꼭 절제하는 것처럼 보였는데 그게 참 신기했거든요.

저도 배우고 싶었어요.

그러다 이렇게 강사까지 된 거고요.

제가 프리다이빙 시작하고 그분이 저한테 선물을 하나 했어요. 프리다이빙 장비 중에 랜야드라는 게 있는데, 그걸 주셨어요. 한쪽은 다이버 몸에 고정하고, 다른 쪽은 부이 아래 가이드 로프 있잖아요, 거기 걸어둬서 다이버가 조류에 휩쓸리는 걸 막아주는 케이블이에요. 깊은 물속에서도 다이버가 길을 잃지 않게, 말하자면 다이버에게는 생명줄 같은 거죠.

몸도 마음도 회복하고 나서, 다이빙 배우고 싶어지면 영덕에 오세요.

매달 첫 번째 토요일, 기다릴게요.

*

얘기를 마치고 재이 님이 내 손에 뭔가를 쥐여줬다.

1미터쯤 되는 스틸 케이블.

한쪽엔 손목 밴드가, 다른 쪽엔 카라비너가 달린 랜야드였다.

병실을 나서기 전, 재이 님이 쑥스럽게 웃으며 고백했다.

"아, 저한테 랜야드 선물한 분…… 진 사장님이에요."

5

 트럭은 어촌계장님 사유지에 얌전히 주차돼 있었다. 내가 입원해 있는 동안 먼지가 쌓였을 법도 한데, 누군가 정성껏 세차한 것처럼 말끔했다.
 트럭에 올라 냉장고부터 열었다. 냉동 가자미식해를 안에 차곡차곡 넣어두었다. 어촌계장님이 서울 가서도 밥 잘 챙겨 먹으라면서 한 보따리 싸 준 거였다.

 퇴원하고 제일 먼저 계장님을 찾아갔다. 그는 능숙한 배우처럼 표정과 몸짓을 적절히 섞어가며 그날의 일을 다시 소상히 들려주었다. 시은 님이 했던 말이 떠올라 나는 조금 웃었다. 앞으로 나는 계장님을 만날 때마다 귀에 싹이 나도록 이 얘기를 듣게 되겠지. 어쩐지 들어도 들어도 질리지 않을 것 같았다.

계장님 집을 나서고 윗굴마을을 천천히 한 바퀴 돌았다.
그리고, 마침내 개를 만났다.
개는 나를 보고 왕 짖더니 겅중거리며 달려왔다. 앞발을 번쩍 들어 몸을 세우고 나에게 매달렸다. 나는 무릎을 구부리고 앉아 개를 꼭 안았다. 귀 끝부터 꼬리 끝까지, 온몸으로 반가움을 표하는 녀석에게 밀려 바닥에 엉덩방아를 찧고도 나는 웃음이 나왔다.

집에 도착해서 창문부터 열었다.
집이 참았던 숨을 터뜨렸다.
오랜만에 온 집에서 나는 모처럼 달게 잤다.

6

나는 매일 나에게 질문을 던졌다.

재이 님이 말했듯이 나에게도 생의 순간들이 필름처럼 스쳐 간 거라면, 왜 그날들이었을까.

스물아홉.

엄마랑 은우가 여행을 떠나기 전날, 집에 가서 저녁을 먹었더라면 막을 수 있었을까 하는 후회.

열아홉.

은우가 처음 해류 얘기를 꺼냈을 때, 내가 은우와 더 깊이 대화를 나눴더라면 은우가 우울에 침잠하지 않게 막을 수 있었을까 하는 후회.

나의 무의식이 잊지 않고 기록해둔 후회의 순간들. 그때로 돌아가면, 되돌릴 수 있다면, 그것이 나를 살리는 방법이라고 판단한 걸까.

그렇다면 아홉 살의 시간은…….

그 시간은, 그럼에도 웃음이었다. 사랑이었다. 후회돼서 되돌리고 싶은 시간이 아닌, 그리워서 되돌아가고 싶은 시간이었다.

마지막 밤, 아빠가 우리를 말라가에 데려간 이유는 무엇이었을까.

하와이.

말라가.

우리에게 더 많은 바다를 선물하고 싶었던 걸까. 그것이 비록 태평양에 있는 하와이나 지중해에 있는 말라가는 아닐지라도.

그때 아빠는 어떤 생각이었을까.

이제 영영 들을 수 없는 대답.

영영 알 수 없는 마음.

7

비강항에 들어갔을 때, 나는 어땠나.
모르겠다.
그저 숨을 쉬고 싶었다.

나는 매일 나에게 질문을 던졌다.

그러나 애써 답을 찾으려고 하지는 않았다.
답을 피하려고 하지도 않았다.
그저 나에게 있었던 일들을 있었던 그대로 바라볼 뿐이었다.

8

 엄마가 옷장 한쪽에 넣어두었던 종이 상자를 꺼냈다.
 상자를 열고 안에 들어 있는 사진을 끄집어내 원래 놓여 있던 곳에 도로 가져다 두었다.

 은우가 책에 끼워 보관했던 폴라로이드 사진을 냉장고에 붙여두었다. 빛이 바랬지만, 자세히 보면 사진에 찍힌 사람들이 모두 똑같은 빨간색 신발을 신고 있는 게 희미하게 보였다.

 폴라로이드 사진 옆에 현기랑 찍은 사진을 붙여두었다. 엄마가 나와 현기, 은우까지 똑같은 모양으로 머리를 잘라주고 찍은 사진.

사진을 보다가 아주 오랜만에 현기에게 메일을 쓰고 싶다는 생각을 했다. 아마 이메일 주소는 그대로일 것이다.

그리고…….
나는 자주 녀석들을 떠올렸다.
그 작은 몸으로 나를 살리려고 발버둥 치던 구.
커다란 덩치로 아이처럼 물놀이하던 일구.
괜찮은 척 마음을 단단히 여미고 살아가던 이구도, 모두 보고 싶었다.
그것이 물속에서 꾼 꿈인지, 필름처럼 스쳐 간 생의 순간인지 알 수 없었으나 시간의 틈새 어딘가에서 구는 구의 오늘을, 일구는 일구의 오늘을, 이구는 이구의 오늘을 살고 있을 것 같았다. 가끔 야자수가 늘어진 바닷가를 그리워하면서.

그리고, 나는 안다.
실은 녀석들 모두 내 안에 그대로 있다는 것을.
사람은 제 안에 어린아이를 품은 채로, 영영 온전히 자라지 못한 채로 속절없이 늙어가는 거니까.

9

그리고,
여전히 꿈을 꾼다.

 누군가 물속 깊이 가라앉는 꿈을 꾼 날이면 숨이 쉬어지지 않는다. 이것이 내가 평생 짊어지고 가야 할 악몽이라는 걸 안다. 대신 나는 숨을 제대로 참는 법을 배워가는 중이다.

 무엇보다 이제는 새로운 꿈도 꾼다.
 꿈속에서 나는 바닷속을 유영한다.
 꿈에서 나는, 물고기다.

10

어느새 달이 바뀌었다.
그러고도 하루, 하루가 흘러갔다.

활짝 열어둔 창문 너머에서 초록이 발효되는 냄새가 풍겼다. 하루가 흘러가는 만큼 여름이 조금씩 증발됐고, 이른 아침 공기 속엔 가을이 미리 부친 편지가 들어 있었다. 날은 여전히 뜨거웠지만, 계절의 채도는 사람들이 눈치채지 못할 만큼 매일 조금씩 낮아지고 있었다.

11

다시, 달력을 한 장 넘겼다.

아침에 창문을 열었다가 코끝이 간질간질, 재채기를 했다.

어느덧 10월이었다.

12

"먼저 어깨너비로 발을 벌리고…… 목부터 풀어볼게요. 오른쪽으로 쭉 늘리고…… 왼쪽으로 쭈욱. 팔을 머리에 얹고 가볍게 눌러주세요. 오른쪽으로 쭉…… 왼쪽으로 쭈욱. 목 천천히 돌려볼게요. 크게 원을 그리고…… 반대로. 몸에 힘 빼세요. 자, 이번엔 어깨……."

보트에 오르기 전, 진 사장님을 따라 스트레칭을 시작했다. 목부터 어깨, 팔, 허리, 무릎, 발목까지 전신 스트레칭을 했다. 구름 한 점 없이 맑아 작렬하는 태양이 살갗을 그대로 덮쳤다. 피부를 뚫고 모든 장기와 혈관, 세포에 열기를 퍼뜨렸다. 숨이 막힐 것 같을 때마다 바다에서 시원한 바람이 불어왔다.

"이번엔 풀 렁(Full Lung) 스트레칭. 가부좌 틀고 앉아서…… 숨을 깊게, 천천히 들이마시고…… 폐에 공기를 가 득 채우고…… 자, 숨 참고…… 그 상태로 양손을 하늘로 뻗고, 오른쪽으로 쭉…… 왼쪽으로 쭈욱…….."

폐에 공기를 가득 채우고 하는 풀 렁 스트레칭 뒤에, 폐에 담긴 공기를 모두 비워내고 하는 엠티 렁(Empty Lung) 스트레칭이 이어졌다. 이 훈련에 익숙해진 프리다이버들의 폐는 풀 렁 스트레칭 때 복어처럼 볼록 솟고, 엠티 렁 스트레칭 때 판자처럼 납작해질 만큼 유연했다. 풀 렁과 엠티 렁을 반복하자 몸에서 큰 파도가 출렁거렸다.

"아직 물이 따뜻하죠?"

바다 한가운데에서 부이를 잡고 동동 떠 있는 나에게 시은 님이 말했다.

"바다의 계절은 한 박자씩 느리거든요. 바다는 아직 여름이에요!"

시은 님이 싱그럽게 미소 짓고, 숨을 크게 들이마신 다음 물속에 들어갔다. 깊이, 더 깊이 내려갔던 시은 님이 몸을 돌려 위로 올라오기 시작했다. 수면에서 지켜보고 있던 재이 님과 구표 님이 물속으로 들어갔다. 수심 10미터쯤 되는 곳까지 시은 님을 마중 나가 함께 수면으로 올라왔다.

저산소증으로 의식을 잃는 블랙아웃은 다이빙이 끝나가는 지점, 즉 수심 10미터부터 수면 사이에서 주로 발생하기 때문에 함께 다이빙하는 동료들이 만일의 사태를 대비해 마중 가는 것이었다.

오늘도 퍼스널 베스트를 경신한 시은 님은 재이 님과 구표 님과 진 사장님한테 물세례를 받았다. 그게 프리다이버들의 세리머니라고 시은 님이 알려줬다.

"형우 님, 프리다이빙에서 제일 중요한 게 뭔지 아세요?"

시은 님이 불쑥 질문을 던졌다. 음, 긴장 완화? 숨 참기 훈련? 쉽게 답을 찾지 못하고 망설이는 나에게 시은 님이 정답을 알려줬다.

"프리다이빙에서 제일 중요한 것! 절대로 혼자서 다이빙하지 않는다!"

시은 님이 웃으면서도 나를 살짝 흘겨봤다. 눈빛 안에는 걱정에서 비롯된 원망이 담겨 있었다.

"프리다이빙은 반드시 버디랑 같이해야 해요."

단호하게 말하는 시은 님 옆에서 구표 님이 고개를 힘차게 끄덕이며 자기 가슴을 통통 두드렸다.

"버디!"

버디. 잠수 중인 내가 의식이 또렷한지 내 눈을 마주 보며 함께 수면으로 올라오는 사람. 내가 블랙아웃에 빠지면 나를 구조해줄 사람.

시은 님이 생각났다는 듯 손뼉을 쳤다.

"아! 우리, 형우 님 10미터 기록 세우면 엔젤링 해주기로 해요! 엔젤링이 뭐냐면요, 프리다이빙 대회 나가면 전날 목표 수심을 적어서 제출하거든요. 대회 당일에 제일 깊은 수심을 제출한 선수부터 차례대로 입수하는데, 맨 마지막에 다녀온 선수를 응원하는 마음으로 거기 모인 사람들이…… 자, 예고편은 여기까지! 직접 겪어보면 알 거예요."

시은 님은 음성 부력 구간에 접어들었을 때 중력에 의해 몸이 저절로 하강하는 프리 폴(Free Fall) 타는 기분도 겪어보면 알게 될 거라며 자꾸 궁금증을 자아냈는데, 이제 막 프리다이빙을 시작한 나에겐 아직 멀고 먼 이야기였다. 오늘 나의 목표는 수심 5미터니까.

"아직 깊이 들어가진 않지만, 친해지도록 하세요! 형우 님 생명줄이랑."

재이 님이 내 손목에 랜야드 밴드를 단단히 채우고 카라비너를 가이드 로프에 걸었다. 덕다이빙 동작이 쉽지 않은 나는 로프를 잡고 하강하는 프리 이머젼에 도전했다. 여전히 살아 움직이는 바다가 두렵고 아빠와 엄마, 은우 얼굴이 차례로 떠올랐지만, 그럴수록 숨을 길게 내쉬었다. 재이 님이 처음부터 끝까지 함께할 거라는 말에 조금은 안심이 됐다.

마스크를 쓰고, 스노클을 입에 물고, 바다에 얼굴을 담갔다.

숨을 천천히 들이마시고, 내쉬고.

준비 호흡에 이어 숨을 가득 채우는 최종 호흡을 마치고, 스노클을 뺀 다음 가이드 로프를 잡고 아래로, 아래로 내려갔다. 줄 한번 잡고 천천히 내려가고, 압력에 고막이 밀리지 않게 이퀄라이징을 하면서 아래로 내려갔다.

물속은 고요했다. 너무 고요해서 내 심장박동이 더 잘 들렸다.

얼마나 내려왔을까.

저 아래, 끝을 알 수 없는 어둠에 시선이 닿자 갑자기 어깨에 힘이 들어갔다. 바다가 끝없는 낭떠러지처럼, 허공처럼 느껴졌다. 맥박이 빨라졌다. 수면을 찾아 허둥거렸다.

그때 재이 님이 눈앞으로 다가왔다. 그는 손가락으로 V 자를 만들어 자기 두 눈을 가리킨 다음 곧이어 로프를 가리켰다. 시선을 줄에 두라는 의미였다. 나는 로프를 바라봤다. 눈앞의 하얀 줄에 온 신경을 집중했다. 어둠도, 파란 바다도, 재이 님도 모두 사라지고 고요한 우주 속에 오직 나와 줄만 남은 것 같았다. 나는 다시 줄을 잡고 아래로 내려갔다. 조금 더 아래로 갔다가 숨이 차 방향을 틀었다. 줄을 잡고 수면으로 올라올 때 손 내밀면 닿을 거리에 재이 님이 있었다. 재이 님이 내 눈을 보고 있었다. 눈빛으로 전하는 괜찮으냐는 물음. 나도 눈빛으로 괜찮다고 대답했다. 이내 머리가 물 밖으로 나왔을 때, 진 사장님이 외쳤다.

"회복 호흡!"

나는 참았던 숨을 뱉고, 곧장 입을 크게 벌리며 산소를 들이마셨다. 잠시 숨을 머금고 있다가 뱉고, 다시 산소를 들이마셨다. 호흡이 진정된 다음 마스크를 벗고 엄지와 검지를 동그랗게 모으며 사인을 보냈다.

"아임 오케이!"

프리다이버들이 내게 물을 뿌리며 축하했다. 오늘 내 기록은 수심 8.3미터였다. 지난번에 5미터도 못 내려가고 돌아온 것에 비하면 꽤 괜찮은 발전이었다.

13

메모

202×년 10월 ×일 오전 11:13 저장됨

프리다이빙에서 가장 중요한 것

절대 혼자서 물에 들어가지 않는다.

반드시 버디와 함께할 것.

14

"저 이제 4기압 다이버예요!"

오늘 수심 31미터를 다녀오면서 개인 최고 기록을 경신한 시은 님이 말했다. 수심 5미터만 내려가도 지상에서의 1기압과는 큰 차이가 있는데, 대체 4기압은 얼마나 높은 압력일까. 구표 님이 느낄 5기압은. 재이 님과 진 사장님이 느낄 그보다 더 높은 압력은. 상상이 되지 않았다.

"4기압 다이버는 짜릿하고 좋은데, 생은…… 1기압이면 좋겠다."

시은 님이 장난스럽게 말하자 모두 맥주잔을 들고 가볍게 부딪혔다. 밤하늘과 밤바다가 같은 물감으로 그린 그림처럼 서로 닮아 있었다. 풀숲에선 가을 풀벌레들의 여린 울음소리가 간간이 들려왔다. 진 사장님의 발 옆에 엎드린 개가 나와 눈이 마주치자 가볍게 꼬리를 살랑거렸다. 녀석에게 멋진 이름을 하나 선물하고 싶은데, 어떤 이름이 좋을지 아직 결정하지 못했다.

"혜리, 우리 딸 말이에요."

손을 뻗어 개의 머리를 쓰다듬으며 진 사장님이 입을 열었다.

"딸애가 어려서 처음 치과에 간 날, 많이 무서웠는지 내 팔을 꽉 잡았는데, 아이가 너무 세게 잡은 바람에 손톱에 패여 상처가 나고 결국 흉터까지 남았어요. 나는…… 그게 참 좋았어요. 아이가 두려운 순간에 나를 찾아서, 나에게 의지해서. 그때 다짐했죠. 평생 그 애를 지켜줄 거라고. 난 강한 사람이었거든."

진 사장님이 코를 찡긋하며 웃었다.

"난 강하고, 뭐든 도전하고, 넘어지면 오히려 힘이 생기는 인간인데, 내 딸은 그러질 못했어요. 대신 그 애만의 섬세함을 가지고 있었지. 난 바보처럼 그걸 몰랐어요. 사람마다 마음의 체급도, 빛을 발하는 자리도 다르다는 것을요."

진 사장님이 손에 든 맥주잔으로 천천히 원을 그렸다. 황금빛 액체 안에 작은 회오리가 일었다.

"아이가 자꾸 무너지고 주저앉을 때마다 사실 난 답답

했어요. 너의 섬세함은 네가 가진 귀한 보물이야, 그렇게 알려줬어야 했는데, 그땐 아이가 나처럼 하지 못하는 게 답답했어. 잡아주고 잡아주다 너무 지쳐서, 그래, 차라리 그냥 떠나, 하고 생각한 적도 있었어요."

개가 몸을 일으키고 진 사장님 무릎에 턱을 괴었다. 진 사장님과 눈을 맞추고 끙끙 낮게 울었다. 개는 슬픔의 냄새를 맡는 게 분명했다.

"차가워진 딸애를 끌어안고, 살아 있는 게 뭔지 난생처음 깨달았어요. 따뜻한 거, 부드러운 거, 피가 도는 거. 바로 몇 시간 전만 해도 체온이 흐르고 말랑거렸던 아이가 차갑게 굳어 있다는 게, 영영 돌아올 수 없다는 게, 눈으로 보고 손으로 만지면서도 다 거짓말 같았어. 산 것과 죽은 것, 어쩜 이렇게 한순간에 전혀 다른 성질의 것이 될 수 있을까. 눈을 맞출 수 없는 존재로, 여기 있는데 여기 없는 존재로 말이야."

진 사장님이 맥주를 한 모금 마시고 말을 이었다.

"떠나고 나면 내가 사랑을 줬던 순간은 다 잊고 잠시 지쳐서 했던 생각, 그 생각 하나에만 매몰되더라고요. 죄책감. 후회. 미안하고, 원망스럽고, 보고 싶고, 밉고. 겪어보니까 이 감정들이 모순이 아니더라고. 사랑에 있어서 이 감정들은 원래 짝이더라고. 그래, 그래, 이대로 살자, 하고 생각했지. 미운 날은 미워하고, 그리운 날은 그리워하고, 미안한 날은 미안해하면서. 어떤 날은 맛있는 음식 하나에 입맛이 돌고 살맛도 나고…… 어떤 날은 노을 하나에 저 하늘이 다 내 것인 것처럼 행복해지고…… 어떤 날은 노래 한 곡에 마음이 환해지고…… 그러다 어떤 날은 내가 이렇게 웃어도 되나 생각하고, 또 어떤 날은 내 행복에 죄책감을 갖지 말고 그냥 이대로 살자 생각하고. 그 일로 나까지 죽이지는 말자고 새기고 또 새기면서. 그래서 다 정리하고 여기로 온 거예요. 살려고, 살아보려고."

시은 님이 몸을 움직여 진 사장님 쪽으로 좀 더 가까이 앉았다. 그리고 가만가만 등을 토닥였다.

"나는 아직도 그 애를 처음 품에 안았던 날이 생생한데. 그 애가 나를 향해 달려오면 행복이 통째로 달려오는 것 같았는데. 그 애가 제일 좋아한 피넛버터 아이스크림을 먹을 때 짓던 표정, 아침에 내 침실 문을 열고 고개를 빼꼼 내밀던 얼굴, 그 애가 걷던 뒷모습이 다 그대론데. 난 여전히 그 애의 기억들과 함께 살고 있는데."

진 사장님이 손으로 다른 쪽 팔등을 가만히 쓸어내렸다.

"이 흉터가 점점 희미해지고 사라져가는 게 참 슬프네."

시은 님이 진 사장님을 꼬옥 안아줬다.

"힘들 땐 잠깐 마음을 끄고 살아야 해요. 몸은 어차피 우리가 살게끔 설계돼 있으니까 잠깐씩 마음을 끄고 살아야 해요."

시은 님이 맥주를 호로록 마시고 말을 이었다.

"저는요, 그냥 뭐든 몸을 움직여요. 큰 거 말고 아주 작은 걸로. 이를테면 오늘은 설거지를 하자. 그리고 설거지 끝내고 나면 나를 칭찬해줘요. 잘했어, 잘했어, 오늘은 이걸로 충분해."

잠시 말을 멈췄다가 또 좋은 게 생각났다는 얼굴로 시은 님이 말했다.

"이런 것도 있어요. 새소리를 받아 적는 거."

진 사장님이 궁금한 얼굴로 돌아봤다.

"새소리를 받아 적어?"

"네! 세상에 있는 온갖 소음 중에서 가만히 새소리를 찾는 거예요. 그러다 어디선가 소리가 들려오면 그걸 글자로 바꾸는 거죠. 제가 적은 것들은 이런 거예요."

시은 님이 휴대전화를 열고 화면을 보면서 거기 적힌 글자를 읽기 시작했다.

"쓰스스스 삐읍삐읍. 뷔뷔뷔뷔 삥. 쇼츠키쇼츠키쇼츠키

쇼츠키."

진 사장님이 웃음을 터뜨렸다. 재이 님도 구표 님도 소리 없이 활짝 웃었다.

"이게 꽤 어렵거든요? 근데 또 우리 한글이 참 위대해서 우리가 쓰지 않는 글자는 있어도 못 받아 적는 소리는 없어요. 새소리에 집중하면서 이걸 어떻게 글자로 바꿀까 생각하다 보면 숨 쉬는 게 한결 나아져요."

"흠, 어떻게 보면 저도 좀 비슷한데……."

구표 님이 천천히 말문을 열었다.

"저는 가슴이 갑갑해질 때면 세상의 모든 예쁜 말을 중얼거려요."

"세상의 모든 예쁜 말?"

"네. 예를 들어 행복합니다, 고맙습니다, 사랑합니다, 이런 말들을 주문처럼 외우는 거죠. 내 마음은 지옥인데 예쁜 말을 중얼거리면 우리가 그 말뜻을 다 알고 있으니까, 그 의미가 저절로 떠오르니까 마음이 말뜻 쪽으로 조금은 움직이거든요."

구표 님이 뒷주머니를 뒤져 휴대전화를 꺼냈다.

"사실 저는 예쁜 말 일기를 쓰는데요. 요즘에 적은 건 이런 겁니다."

구표 님이 흠흠, 하고 목을 가다듬었다.

"야호. 칼퇴근. 마라케시. 아, 여긴 모로코 음식점인데 병아리콩 샐러드가 특히 맛있어요. 음, 또…… 가을비. 비 온 뒤 누군가 차창에 붙여둔 단풍잎. 에티오피아 코케 허니. 오늘 하루는 좀 쉬어갈게요, 햇살이 좋잖아요. 아, 이건 동네 카페 출입문에 사장님이 붙여둔 쪽지예요. 또…… 신나요. 재밌군요. 하하하. 랄랄라. 요들레이."

그쯤에서 모두 참았던 웃음을 터뜨렸다.

"요들레이…… 아, 이건 정말 상상도 못 했어요!"

과연 구표 님의 방법은 효과가 뛰어났다.

"예쁜 말 일기, 우리 이거 필수 과제로 정합시다. 다음 모임부터 발표하는 거, 어때요?"

진 사장님이 말하자 시은 님이 박수로 화답했다. 구표 님이 뿌듯한 얼굴로 고개를 끄덕였다.

산줄기에서 불어온 바람 속에 어제보다 짙어진 가을 냄새가 묻어 있었다. 끊이지 않는 파도 소리 사이로 밤새가 울었다. 마음속에 '뷔뷔 비이빅'이라고 새소리를 받아 적었다. '새소리'라는 말 자체도 참 예쁘구나 생각하면서.

누군가는 잠든 개를 어루만졌고, 누군가는 풀밭에 새로

핀 들꽃을 들여다봤고, 누군가는 낮게 노래를 부르면서, 우리는 조금씩 떨어진 채로 마당에 머물렀다. 밤이 깊었지만 모두가 오래도록 함께 머물렀다.

15

이른 아침에 일어난 우리는 진 사장님이 만든 해초비빔밥을 간단히 먹었다. 그저 해초 몇 종류와 참기름, 깨소금, 고추장, 다시마식초를 조금 넣고 비빈 것 같은데 감칠맛이 났다. 오독오독 꼬독꼬독 씹는 맛도 좋아서 나는 진 사장님께 슬쩍 비법을 물어봤다. 진 사장님이 잠시 주위를 살피고 귓속말로 소곤거렸다.

"손맛!"

우리는 일출 시간에 맞춰 비치 다이빙을 나갔다.

바다로 들어가는 길에 진 사장님이 걸음을 멈추고 나를 돌아봤다.

"참! 형우 님, 계장님이 서울 올라가기 전에 잠깐 들르래요. 여기 영덕에서 나가는 물건, 고정 일 하나 맡긴다고."

멀뚱멀뚱 서 있자 진 사장님이 내 어깨를 툭 쳤다.

"아니, 형우 님 부담스럽게 여기 자주 와라, 종종 보고 살자, 뭐 그런 게 아니라 진짜 괜찮은 일거리가 하나 있대요."

그렇게 말하고 진 사장님이 호다닥 앞으로 나아갔다. 아직 물이 깊지도 않은데 서둘러 헤엄치기 시작했다. 내 뒤에서 따라오던 시은 님이 들뜬 목소리로 말했다.

"와! 여기 자주 오면 다이빙 실력 쭉쭉 늘겠는데요? 우리 빨리 같이 프리 폴 타요!"

오늘 나의 목표는 수심 10미터.

제일 먼저 진 사장님이 조류를 체크할 겸 가볍게 다이빙했고 다음은 재이 님, 구표 님, 시은 님 순서로 입수했다.

"오늘 바다는 잔잔하고 시야도 맑고, 다이빙하기 좋네요!"

수면에 올라온 시은 님이 숨을 고르고 나서 말해줬다. 수온도 좋았다. 바다는 아직 여름이었다.

나는 어제 8.3미터를 다녀오긴 했지만, 여전히 바다가 두려웠다. 그럼에도 이상하게 좋았다. 숨을 제대로 참는 시간, 그 고요한 시간이 나를 오래오래 숨 쉬게 할 것 같았다.

"목표 수심에 도달하면 손끝에 동그란 공이 느껴질 거

예요. 캔디볼이 손에 닿으면 거기가 10미터니까 그때 턴해서 올라오면 됩니다."

재이 님이 설명했다. 나는 조금 긴장된 얼굴로 고개를 끄덕였다.

"우리가 바로 옆에 있으니까 걱정하지 말아요."

재이 님이 말했다. 구표 님이 주먹으로 가슴을 퉁퉁 두드렸다.

어느덧 수평선 너머로 둥글게 태양이 솟았다. 황금빛이 스며드는 바다를 바라보다 마스크를 썼다. 스노클을 입에 물고 바다에 얼굴을 담갔다.

천천히 숨을 들이마시고.

내쉬고.

마지막으로 큰 숨을 들이마신 다음 스노클을 빼고 머리부터 물속으로 들어갔다. 가이드 로프를 잡고 조금씩 아래로, 천천히 내려갔다. 목과 어깨, 팔과 다리에 힘을 빼고, 로프만 보면서 아래로 내려갔다. 내 몸이 편안해지는 걸 느끼고 조금씩 주위를 살폈다. 시야가 좋아 먼 곳까지 선명하게 보였다. 윗굴마을과 꼭 닮은 절벽이 정말 바다 아래에도 있었다. 작은 물고기 떼가 꽃잎처럼 떠 있다 한순간에 멀어졌다. 조금씩 숨이 찼지만, 괜찮다고 생각했다. 이산화탄소를 뱉고 싶은 충동일 뿐 아직 산소가 부족한 건 아니니까. 팔을 뻗으면 닿을 거리에서 재이 님과 구표 님이 내 속도에 맞춰 함께 하강하고 있었다.

손끝에 캔디볼이 닿았다. 어느덧 10미터 지점이었다. 온몸에 짜릿한 전기가 흘렀다. 이대로라면 조금 더 내려갈 수도 있을 것 같은데, 로프에 걸어둔 카라비너가 캔디볼에 걸려 더 이상 내려갈 수 없었다. 욕심 없이 다이빙하게 만드는 것. 랜야드가 프리다이버의 생명줄인 또 하나의 이유였다.

깊은 바다를 바라보던 시선을 거두고 몸을 틀었다. 떠오르는 태양이 바다 위에 노란 이불을 펼치고 있었다. 그 부드러운 빛을 따라 나는 조금씩 위로 올라갔다. 내려올 때 그랬듯, 몸에 힘을 빼고 천천히 올라갔다. 수면에서 나를 지켜보던 시은 님이 입수했다. 곧이어 진 사장님도 물에 들어왔다.

다이버들이 내 주위를 빙 둘러쌌다. 나를 가운데 두고 물고기처럼 헤엄치던 그들이 양팔을 펼치고 서로의 손을 잡았다. 인간이 만든 커다란 원, 엔젤링이었다. 다이버들이 내 속도에 맞춰 천천히 피닝했다. 동그랗게 손을 잡고 내 주위를 빙빙 돌면서 함께 수면을 향해 나아갔다.

진 사장님…… 시은 님…… 구표 님…… 재이 님.

한 사람, 한 사람 천천히 눈을 맞추면서, 이토록 다정한 보호 안에서 나는 위로, 위로 올라갔다.

이렇게 함께 다이빙하다 보면 언젠가 구표 님의 얘기를 듣게 될 날이 오겠지. 나도 내 얘기를 들려줄 날이 오겠지.

차차.

차차.

그때까진 일단 함께 바다에 들어가서 숨을 참는 거다.

손 내밀면 서로를 잡을 수 있는 거리에서, 서로를 구할 수 있는 거리에서, 버디와 함께 수면으로 올라와 다시 숨을 들이마시는 거다.

가쁘게 들썩이던 가슴이 차분히 가라앉을 때까지.

새로운 공기가 폐를 가득 채울 때까지.

물속에 사선으로 길게 누운 빛을 통과하며 위로 올라갔다. 마침내 태양이 흘러내린 바닷물을 뚫고 나는 힘차게 솟아올랐다.

진 사장님이 외쳤다.

"회복 호흡!"

작가의 말

주체적인 죽음과 삶을 다룬 첫 장편소설《아침을 볼 때마다 당신을 떠올릴 거야》가 출간된 2019년 봄, 나는 포르투갈로 여행을 떠났다. 스페인과 이웃하고 있음에도 두 나라는 꽤 달랐다. 스페인이 장조라면 포르투갈은 단조의 분위기랄까. 날은 맑고 도시는 아름다움으로 꽉 차 있었지만, 곳곳에 축축한 무언가가 묻어 있는 기분이었다.

포르투에서의 두 번째 날.

노을 질 무렵이면 작은 축제가 벌어지는 언덕에서 시간을 보내고 강변으로 내려온 나는 동루이스1세 다리 아래에 멈춰 서서 빛의 잔흔을 바라봤다. 다시 걸음을 옮기려던 순간, 다리 위쪽에서 비명이 들렸다. 반사적으로 고개를 들었을 때, 허공에 사람이 떠 있었다.

처음엔 영화를 찍는 걸까 생각했다. 영원과도 같았던 찰나 수많은 생각이 머릿속을 헤집다 마침내 답을 도출해냈을 때, 나는 눈을 꼭 감고 몸을 돌렸다. 동시에 등 뒤에서 하나의 생이 부서지는 소리가 들려왔다.

하얀색 티셔츠에 청바지를 입은 청년, 그날의 노을이 자기 생의 마지막 노을이라는 걸 알았을 그 청년을 떠올릴 때면 왜인지 모르겠는데, 그가 저녁을 먹었을지 아직도 마음이 쓰인다. 아주 따뜻하고 맛있는 음식이 그의 마지막 식사였기를 바란다.

*

포르투갈에 다녀온 그해 이후로 소중한 이름 몇이 스스로 생을 마감했다. 나는 늘 죽음을 기억하며 삶을 끌어가는 인간이지만, 그럼에도 떠난 이들의 마지막을 어떻게 받아들여야 할지 여전히 막막하다. 그저 추억하고 기도하며 살아갈 뿐.

*

 나이 들면서 자주 듣게 되는 얘기 중 하나가 이십대로 돌아가고 싶다는 것인데, 그 말에 고개를 끄덕인 적이 없다. 솔직히 다시 사는 게 귀찮다. 어차피 과거로 돌아가도 똑같이 (어리석고, 실수하고, 후회하고, 반성하고, 조금은 나아지려고 노력하며) 살 것 같다. 그래서 나는 살아본 시간보다 살아보지 못한 시간이 더 궁금하다. 다만 잠시 과거로 여행할 수 있다면 특정 시절의 나를 꼭 안아주고 싶다.

 살다가 숨이 쉬어지지 않는 날에는 당신이 당신을 꼭 안아주면 좋겠다. 구와 일구와 이구와 삼구가 서로를 안아주었듯이. 잠시 숨을 참더라도, 결국엔 수면으로 상승해 회복 호흡을 하면 좋겠다.
 슬픔도, 분노도, 우울도 힘이 세다. 한 사람 혹은 그 이상의 생명을 꺼뜨릴 만큼 강력한 에너지를 품고 있다. 그렇기에 마음에 '우울력 발전소'를 세우고 역으로 그 에너지를 당신이 숨 쉬는 데, 당신만의 빛을 발하는 데 모조리 써버리면 좋겠다.

그리고, 버디.

꼭 사람이 아니어도 좋다. 반려동물, 동네에서 키가 제일 큰 나무, 버스 정류장 벤치, 따뜻한 한 끼, 노래 한 곡……. 우리를 지켜주는 것들은 생각보다 많다. 작은 것들의 힘을 나는 믿는다.

이 책을 만드는 동안 든든한 버디가 되어주신 박선우 편집자님, 강렬하고도 아름다운 표지를 만들어주신 함지은 디자이너님, 추천사로 따스하고 단단하게 손잡아주신 정이현 작가님께 다정한 마음을 듬뿍 담아 감사를 전한다. 원고를 오래 기다려주신 한겨레출판 관계자분들께도 인사를 남긴다.

누군가에게 이 책이 손 내밀면 닿을 거리에 있는 버디가 되길 진심으로 바란다.

2025년 겨울 초입
조수경